時省記

平時忠卿《たいらのときただのきょう》検《けん》非《び》違《い》帖《ちょう》

荒井通子

文芸社

目次

献辞

亡夫　荒井莞爾と
友人　尾崎清子さんへ

入院中の夫の退屈を紛らわそうと話を書きはじめた。回復することなく夫が亡くなって、一時何をするのも嫌になったが、尾崎さんが続きを書くようにと励ましてくれた。この本ができたのは、二人のおかげである。

一　足

五条西洞院《にしのとういん》の角でその足を見つけたのは、検非違使庁《けびいしのちょう》*1の放免《ほうめん》*2守里《もりさと》であった。子《ね》の刻（真夜中の十二時）の少し前で、大路《おおじ》は真の闇だったが、松明《たいまつ》の光の先に照らし出された白い足は、通りの真ん中にぽいと投げ出されて浮き上がって見えた。

守里はさすがに悲鳴を上げたりはしなかったが、松明を掲げて同行していた走り下部《しもべ》（走り使い）の童《わらわ》が腰を抜かし、火を放り出したので、守里があわてて受け止めなければ二人は真っ暗闇の中に取り残されたことであろう。あたりを見回したが、足以外の死体は見当たらない。血が流れた形跡もない。

「これ、役所へ走って人を連れて来い！」

＊1　平安京の違法、犯罪を捜査、取り調べし、逮捕から裁判までをになった役所
＊2　放免とは検非違使庁の下部（下級官吏）で、本来は罪人の釈放を意味したが、彼等を犯人の逮捕や処罰などに従事させたことから、その役を意味するようになった

童に命じたが、少年はがたがた震えて守里の袖に縋《すが》るばかりで、ものの役には立たなかった。しかたなく、守里は水干《すいかん》*1の袖をほどいて気味の悪い遺留品を包み込み、なるべく身体から離してぶら下げながら、検非違使庁へ戻った。

検非違使は、弘仁《こうにん》年間（八一〇～八二四）に設けられた。令外官《りょうげのかん》*2である。平安京、並びに地方の国や郡に置かれ、治安を保ち、犯罪や違法を取り締まった。常に衛門府《えもんふ》*3と連動するため、左右衛門府どちらかの長《おさ》が検非違使の長にあたる別当《べっとう》を兼任した。

仁安《にんあん》三年（一一六八）八月。この時、検非違使別当は右衛門督《うえもんのかみ》権《ごんの》中納言平時忠《たいらのときただ》であった。

宮中陣《じん》の座《ざ》で評議が行われた二十日、宮中から六条東洞院《ひがしのとういん》の自邸に戻った時忠は、*4検非違使尉《じょう》山本俊清《やまもとのとしきよ》がずっと待っていると告げられた。検非違使別当は肩を竦《すく》めた。

「一日中気の張る思いをいたしたに、まだこの上仕事があると申すか。良い。衣を替えるまで待たせておけ。」

黒い束帯《そくたい》の袍《ほう》を脱いで直衣《のうし》に着替えると、時忠は東の中門まで出た。

平時忠は三十九歳だった。中背で、引き締まった強靭な身体つきをし、鼻下に形の良い口髭を蓄えている。殿上人の間では取り立てて優れた容姿の持ち主ではないが、切れ長の鋭く輝く眼と、口元に絶えず浮かぶ皮肉な笑みを見た者は、油断のならぬ男として忘れ難い印象を受けるであろう。

時忠の先祖は桓武《かんむ》天皇の子葛原《かつらはら》親王で、その子の高棟《たかむね》王が臣籍に下って平姓を賜り、以来、中流の貴族として十代を経ていた。時忠が目覚しい昇進を遂げたのは、姉妹の力によるところ大であったとの噂が専らだった。姉時子は、つい先だって病のため出家した前《さきの》太政大臣平清盛《たいらのきよもり》の北の方であり、妹滋子《しげこ》は、後白河院の寵愛措《お》く能《あた》わざる女御《にょうご》である。

中流貴族の若者が高位に就くにあたっては、義兄清盛の強力な推挙と、院の恩顧が必要だったことだろう。だが、与えられた地位を確保し、さらに上位に上るためには、時忠自身の才智と機転が不可欠だったことも確かだ。

「山本俊清とはそなたか？」

＊1　丸襟、一つ身仕立てで、脇のあいた下級官人の服　＊2　令で定めた以外の官
＊3　宮門の守衛、出入りの許可を行う　＊4　四等官で検非違使庁では別当、佐に次ぐ第三位

中門廊《ちゅうもんろう》に座して待っていた俊清は、慌てて庭に跳び下り、片膝をついた。

「何が起こったのじゃ。大事か？」

「人の足が見つかりましてございます。」

検非違使尉は緊張して答えた。二十歳の彼が別当に対面するのはこれが初めてである。

「それで？」

「場所は五条西洞院でございます。昨夜遅く放免が発見し、役所まで持ち帰りました。膝上から断たれた女人《にょにん》の左足でございます。」

「鳥辺野《とりべの》あたりから野犬が銜《くわ》えて来たものではないのか？　所によっては足など毎日見つかっておろう。」

「そのことのみであらば、別当のお耳に入れるほどのこともありませねど、その後調べの際に少々不審なことどもの判明いたしましたゆえ、我が上役右衛門佐《うえもんのすけ》源隆正《みなもとのたかまさ》殿、別当のご判断を仰ぎたく存ずる由《よし》にて、お知らせに罷《まか》り越しました。」

「不審とは？」

「まず、付近の溝にて、[*1]袿《うちき》の破れた片袖のみ、発見されました。[*2]蘇芳《すおう》の地に山吹色《やまぶきいろ》の唐《から》花《はな》を織り出した見事なもので、足を残した女人のものとすれば、高位の女房＊3ではないかとの考えから、右衛門佐殿はこの数日行方のわからぬ女房がおらぬかと訊ねて回られました。すると……」

俊清は困ったように唇を湿し、言葉を継いだ。

「昨夜姿を消した女房が三人おられました。」

「なんと。三人もか？」

「はい。一人は内裏《だいり》にお仕えなされる御匣殿《みくしげどの》＊4。」

前太政大臣故藤原伊通《これみち》の娘である。

「続いて、大炊《おおい》＊5の命婦《みょうぶ》＊6殿。」

大炊頭《おおいのかみ》故中原重兼《しげかね》の妻である。

「三人目は仙洞《せんとう》＊7にお仕えなさる少納言の局《つぼね》＊8殿。」

＊1　貴婦人の重《かさね》の上衣　＊2　黒みをおびた紅色　＊3　上流貴族に仕える侍女　＊4　制服の裁縫所
＊5　諸国からの米穀の収納や諸司への食料の分配を担当
＊6　中級の女官　＊7　上皇の御所　＊8　宮中や貴族の邸宅に仕える女官

少納言高階《たかしなの》清親《きよちか》の娘である。院の御所に仕える。

「如何にいたせばよろしゅうございましょうか。我等は内裏に参ることなど叶いませぬ。されど、この方々のお一人が奇禍に遭われたやも知れず、放念することもまた出来ませねば……」

若い検非違使尉は途方に暮れた様子であった。

時忠は、左手の薬指で口髭を撫でながら考え込んだ。

「亡骸《なきがら》は？　足以外の身体は見つからぬのか。」

「いまだ見出しておりませぬ。」

「足は何処《いずこ》にある？」

「検非違使庁に保管いたしておりまする。」

「よろしい。」

立ち上がった。

「狩衣《かりぎぬ》[*1]を持て。五条西洞院へ参る。」

「あの……」

手早く上衣を替え、気軽に門を出かかった別当を追いかけながら俊清は尋ねた。

「お車を召されませぬので？」

時忠は従三位《じゅさんみ》権中納言、牛車《ぎっしゃ》を用いずに外出することなど考えられぬ身分の公卿《くぎょう》である。

「何のために足があるのじゃ。」

唇の片端を軽く吊り上げて検非違使別当は言った。

「大路に落として来たなら別だが、まだついておるなら今のうちにせいぜい使う方が良かろう。」

さっさと大路へ出る。後ろで舎人《とねり》[*2]が大声で牛飼いの童に、急ぎ車の用意をして五条西洞院へ回せ、と命じているのが聞こえる。この邸《やしき》では、飛び出してしまった主《あるじ》を車が慌てて追いかけるのが常らしい。

俊清は、役所から騎馬でここまで来た。しかし、別当が徒歩なのに、少尉《しょうじょう》が騎乗するわけにはいかなかった。しかたなしに後について歩き出す。時忠家の家人《りにん》が二人、押っ取り刀でつき従う。

＊1　公家の平常の略服　＊2　護衛を任務とする下級官人

「女房たちが姿を消したと申したが、如何にして消え失せたのか。仔細は？」

「昨日の朝、まず御匣殿が急なお宿下がりを申し出られ、辰《たつ》の刻（午前八時）頃内裏をお出になりました。たまたま大炊の命婦殿、以前より決められましたる御所用のためお出ましになられる時刻にて、お二人は車を連ねて出て行かれたまま、お戻りになられなかった由。」

「両人の里方には？」

「お尋ねいたしましたが、戻っておられませぬ。」

「車は見つかったか？」

「車も、牛飼いも共に行方が知れませぬ。」

二人は五条東洞院の院の御所に差し掛かった。時忠は門に向かって低く頭を下げ、そのまま歩み続けた。

高位の者の門前を通る時の礼儀として、もし牛車に乗っていれば、一旦下車して門中に礼を施さなければならない。敬礼、返礼、再答礼、場合によっては表敬のため、邸に立ち寄らねばならず、礼を失していると判断されれば、門番に道を塞がれて通れなくなる。しかし、徒歩で通りかかった気軽な狩衣姿の人物がまさか右衛門督だとは門番も気づかぬようであった。

「仙洞に仕える少納言の局は、法住寺《ほうじゅうじ》殿《どの》に詰めていたのか？　それともこの東洞院の御所にか。」

この御所は、もとは前参議《さんぎ》[*1]藤原邦綱《くにつな》の邸であった。邦綱の娘邦子《くにこ》が東宮憲仁《のりひと》親王の乳母になった折に上皇に献上した。御所の主、治天の君である上皇後白河は、通常六波羅の南に位置する広大な法住寺殿に起居している。

「こちらでございます。十日ほど前に初めて出仕なされたとのことで、他の二人の女房方とお局を共に使われておいででしたが、いつ他出なされたものか誰も知らず、身の回りの品々も一切持ち去られておりませぬので、同僚の女房方は怯えて鬼[*2]に連れ去られたのではと申されておられます。」

＊1　朝議（朝廷の会議）に参与する正四位相当の官

＊2　当時の鬼は、祖霊や死者の魂、その他もろもろの怨念を持ったものと意識され、人びとの生活に大きな影響を与えていた

別当は黙って唇の端を吊り上げたのみであった。この男は全く鬼神《おにがみ》を信じていない。

五条大路に突き当たると、左へ曲がって四町、二つの大路が交わる五条西洞院の辻が謎の足が残された現場だった。時忠は大路の中央に立ち、あたりを見回した。ここは左京の真ん中に位置している。北には内裏、南には鴨川まで大きな邸宅が並ぶ。東へ向かえば平氏の一族が住まう六波羅があり、西は朱雀大路《すざくおおじ》をはさんで今は寂《さび》れた右京へ出る。

「足の落ちておったのはどのあたりじゃ？」

「五条西、西洞院に入る少し前でございます。手前の溝の中に袿の袖がございました。何者かが打ち捨てたかに見えました。」

「その袖には血が付いておったか？」

「わずかに血痕が見えまする。」

「野犬などに噛み破られたあとは？」

「ございませせぬ。」

息せき切った牛飼いの童と共に牛車が到着した。時忠が乗り込むと、舎人がぴたりと左右に付く。

「堀川へ参る。邸で馬を引き取り、後から参れ。」

検非違使庁は近衛堀川にある。一般的な事務はここで次官である佐《すけ》が行い、大きな事件の決裁は別当の自邸で行うのが常であったため、時忠の邸にも中門の脇に庁屋《ちょうおく》が設けられてあったが、この別当はわざわざ役所まで足と袖を見に出向くつもりらしい。

俊清は今来た道を引き返した。中門で乗馬を引き取っていると、*1家司《けいし》と見える老人が近寄って来た。

「山本の*2判官《ほうがん》殿か。」

「然様《さよう》にございますが。」

老人は一目で俊清を検分し切ったようであった。

「よろしいか。我が主、中納言の殿を危うき所へお誘い申し上ぐること、決して罷りなりませぬぞ。かの殿の御身に万一のことが起こらば、我が家の一同こぞって判官殿をお恨み申す。」

＊1　親王や摂関家、大臣家などの家政に当たる職員
＊2　四等官の第三位の役職、検非違使庁では尉《じょう》と呼ぶ

「待たれよ、ご老人。」

俊清は呆気にとられた。

「某《それがし》、ただの一言もお誘いいたしてなどおりませぬ。別当様の御一存にて……」

「わかっており申す。」

老人はそっけなく言った。

「某は当家家司、並びに*1侍所《さむらいどころ》の別当を務めおる平基茂《もとしげ》と申す。主の振舞いは良く存じておる。申し上げたは今回のことにてはあらず。この後、いつ何時起こるやも知れぬ事態に備えての言葉とご承知おかれよ。あのお方は幼少より、豪胆と申さば聞こえは良いが、危地に飛び込むを楽しまれるところがおありじゃ。某に言わせれば軽率、短慮極まる御振舞い。何でまた検非違使別当になど任ぜられなすったか。*2相国《しょうこく》様の御一族にいくらも適任者はおられるものを。」

時忠は、義兄にあたる平清盛のように武門の家柄ではない。老人は俊清が主をその官に就けた張本人のように睨みつけた。

「我が主と行動を共になされ、主の身に危害が及びしに、判官殿お一人無事にお戻りになどなって御覧ぜよ。いかなることに相成るか。」

俊清はいわれのない非難に目をしばたたいた。

「即ち、別当様と同行いたした際に危機の起こらば、某が身を挺してお守りせよと？」

「然様。」

老人は無愛想に頷き、くるりと向きを変えて去ってしまった。

俊清は馬を跳ばし、堀川の役所に着く寸前で時忠の車に追いついた。検非違使庁の車寄せで下車した時忠は、次官源隆正の出迎えを受け、庁内へ通った。

「内裏、並びに院の御所の女房三方が行く方知れずとか。」

「そのようにございます。既に先刻、院の別当中納言成親卿《なりちかのきょう》より、失踪いたされたる女房探索の御要請が出されておりまする。」

「昨夜発見されたる女人の足との関連はいかに？」

「全くわかりませぬ。お三方とも、蘇芳地の袿をお持ちとは知れましたが、見つかりまし

＊1　公家の邸宅を守る侍の詰所　＊2　太政大臣、左大臣、右大臣の唐名で、ここでは平清盛をさす

たものがどなたの片袖かは不明にございます。」

隆正は手短に今までに判明した事柄を述べた。

前太政大臣伊通の邸では大騒ぎになっている。御匣殿の宿下がりの話など一向に聞いていなかったようなのだ。この*1上臈《じょうろう》がどこへ行ってしまったのかは見当もつかない。*2雑《ぞう》色《しき》三名、牛飼い一名が同行しているはずだが、彼等からも何の連絡もない。大臣家では、舎人や雑色を都中に走らせて探索中である。

*3中務省《なかつかさしょう》の*4少輔《しょう》藤原経輔《つねすけ》は大炊の命婦の兄であるが、昨日、法事のために法輪寺《ほうりんじ》で妹を待っていた。確かに命婦はその朝内裏を出た。しかし、時刻を過ぎても寺には姿を現さず、使いもなく、親族は気をもんでいるという。同行の雑色一名、牛飼いの童一名もやはり行方不明である。

院の御所の少納言には遠縁の伯父伯母のほかに身寄りはない。両親が先年相次いで死去し、推挙する者があって院の御所へ上がることとなった。家は三条西堀川だが、守る者もなく、今は荒れ果てている。同僚の女房が少納言の不在に気づいたのは酉《とり》の刻（午後六時）近くなってからであった。いつ他出したのか、何が起こったのか、誰も知らず、困惑している。

「なるほど。」

別当は頷いた。

「宮中の方々に関わることとなれば、一刻も早くお三方を捜し出すべく努力いたしておりますが、力及ばず、いまだ何の手がかりもございませぬ。如何《いかが》いたせばよろしゅうございましょうや。」

「残された足と袖を見よう。」

「かしこまりました。」

正庁の裏に倉屋に使っている建物がある。そこから、二人の下部が布で覆った白木の粗末な文台《ぶんだい》[*5]を二つ捧げて来た。布を取り去ると件《くだん》の足と袖が現れた。

文台に載せられた人の足は実に不気味な物であった。既に土気色《つちけいろ》になっていたが、細く、すんなりとした女人の左足で、膝のわずかに上から無惨にも断ち切られている。

＊1　身分の高い女官　＊2　下級の雑役《ぞうやく》　＊3　宮中の政務にあたる
＊4　同じ次官の大輔《たいふ》に次ぐ官　＊5　書籍などを載せる台

時忠はもと人体の一部であったこの遺留品をしげしげと検分し、隆正と俊清は、傍らでその時忠をしげしげと見ていた。

本来殿上人は、穢《けが》れを嫌って死体を目にするのも厭うものである。しかし、新任の別当は、さすがに手ではふれぬものの、丁寧に観察すること他の証拠品を見ているのと何ら変わらなかった。

足を見てしまうと、次にもう一つの文台に広げられた袖に目をやった。扇の先で袖を裏返すと、親指の頭ほどの小さな血の染みが数箇所にあるのがわかる。鮮やかな蘇芳地と、美しく織り出された黄色の模様がそこだけ黒ずんでいる。時忠はまるで書類を繰るかのように袖を裏返し、また裏返した。

「御匣殿のものではあるまい。」

検分を終えて、ふり向いた。

「何ゆえ、然様にお考えで？」

「この足の指の間に、微《かす》かに草鞋《わらじ》で擦れた痕がある。御匣殿であらば、常々*襪《しとうず》を履かれておられよう。」

大臣の娘である御匣殿は二位の上臈である。通常外を草鞋で歩いたりはしない。外出時には白絹の襪を着けてから履物を履く。

「他の二人は四位か五位じゃな。ならば時には一人で歩くこともある。」

「いかにも。」

隆正がほっとしたように頷いた。前太政大臣の息女がばらばらの遺体となって発見されるなど、真面目な官僚である彼には悪夢以外の何物でもない。

「まことに道理でございます。」

俊清は感心して言った。

「ほかに何かお気づきのことは？」

「そこまでわしが女人の足に詳しいなどと、何ゆえ思うのじゃ。」

別当は唇の端を吊り上げ、皮肉な笑みを浮かべた。うろたえて赤くなる少尉を見やって言葉を継ぐ。

「鋭い刃物で一太刀に断っておる。おそらく死後、亡骸から切り取ったものであろう。血

＊　沓《くつ》をはく時に用いる靴下の一種

が流れた跡が見えぬ。袖にも、足を包んで運んだものと思われるに、ほとんど血痕がない。袖のことじゃが、*1内蔵寮《くらりょう》の織手《おりて》に尋ねてみよ。この布、宋渡りではなさそうじゃ。少納言か命婦、どちらかの衣料であろう。」

別当が帰邸するのを見送った後、俊清は急ぎ内蔵寮へ赴いた。夕刻を過ぎていたが、まだ寮に残っていた*2大属《だいさかん》に持参した片袖を見せて探索のむきを説明すると、熟練の織手を呼び寄せてくれた。

「この布は*3麁糸国《そしこく》の生糸《きいと》で織られた物でございますね。」

織手の長を務める老女は、布の表面に指を滑らせて言った。

延喜式《えんぎしき》に定められた絹糸の産地は、糸質により上糸国、中糸国、麁糸国と分けられる。近江《おうみ》、伊勢、安芸《あき》など十二ヶ国の上糸国の生糸は、他の国々の物より格が上とされている。

「当節は、麁糸国と申しましてもずいぶんと上質の絹を産するようになりました。されど、布に織りました時、肌に触れる心地によって上糸国の物とは違うとわかりまする。まして宋国の絹との違いは明らかでございます。」

そういうものか、と俊清は頷きながら聞き入った。

「おそらく上総《かずさ》あたりの糸でございましょう。染手、織手の技《わざ》によって宋渡りの絹に見まごうばかりの色艶を出し、見事に織り上げてござりますれど、値《あたい》は宋の物の五十分の一にございます。」

「別当様のお目の高さよ。」

俊清は唸った。これで、袖が御匣殿のものではないことが判明した。大臣家の姫が、麁糸国産の絹を身に着けるはずはない。

残る二人のどちらかが、片足を失った骸《むくろ》となっているのである。

事態は翌朝になって新たな展開を見せた。出仕前の時忠の邸に、俊清はまた馬で駆け付ける羽目になった。

＊1　中務省に属し、皇室経済を担当。官営工房も持つ

＊2　四等官では最下位で、長官、次官、判官に次ぐ主典《さかん》を指し、寮では属と呼ぶ

＊3　粗末な糸を産出する国

「何か動きがあったか?」

中門まで出向いた時忠は、早朝に押しかける非礼を怒《いか》りもせずに尋ねた。

「はい。桂川の河原にて、大炊の命婦殿の御遺骸が発見されましてございまする。」

「ほう。やはりな。殺《あや》められたは命婦であったか。」

「雑色と牛飼いの遺骸も共に打ち捨てられておりました。牛と車は見当たりませぬ。物盗りの仕業《しわざ》らしく、めぼしい品々はすべて奪われておりました。命婦殿はじめ、皆太刀の一突きで殺害《さつがい》されたものにございます。」

「命婦は如何にも気の毒であったな。庁内の府生《ふしょう》*、放免、下部どもを総動員して盗賊どもの探索に当たらしめよ。かくの如き不祥事を二度と起こしてはならぬ。また内裏と院の御所へ使いを走らせ、命婦に降り掛かった災いをお知らせせよ。残った二人の女房方はいずれ戻られよう。」

「かしこまりましてございます。されども……」

若い検非違使尉は、当惑した目で別当を見上げた。

「命婦殿のご遺体、検分いたしましたところ、痛ましいことに多少野犬に荒らされて傷《いた》みのありましたものの、五体に不備はこれなく……」

「何？」

「両足は欠けておられませぬ。揃っておりました。」

時忠の表情が変わった。常にからかうような笑みを浮かべている唇がきっと結ばれ、鋭さを増した眼が宙を見つめてしばらく動かなかった。別当様は初めて本気になられた、と俊清は思った。

顎に手を当てたまま、皮肉屋の中納言はしばらく考え込んでいた。

「山本判官。」

「はっ。」

「その方、これより役所へ戻り、盗人探索のほか、以下のこと、手配りをせよ。まず殺害された大炊の命婦の遺骸を兄の中務少輔に丁重に引き渡すこと。次に右京へ参り、いまだ行方の知れぬ少納言の局に知り人、乳母などがおったか否かを調べよ。少納言の家の近くで、最近弔《とむら》いのあった家はなきかも聞き出して参れ。」

一　足
＊　四等官に次ぐ下級幹部

「しかと承《うけたまわ》りました。」

俊清が出て行くと、時忠は牛車の用意を命じ、東洞院の院の御所へ向かった。この度は正式に車を着け、下車して礼を施し、門番に命ずる。

「[*1]執事《しつじの》別当成親卿にご相談の儀ありとお伝えせよ。」

しばらくして[*2]年預《ねんよ》の一人があたふたと出て来た。

「右衛門督様、申し訳なきことながら、只今執事殿は法住寺殿へ参られて不在にございます。お知らせすべきことのあらば承ってておきまするが？」

「いや、かまわぬ。いずれ後ほど内裏にて御目にかかるであろう。」

内裏では、近頃頻繁に評議がある。[*3]今上《きんじょう》が[*4]践祚《せんそ》して間がないためだ。先帝よりの朝務を引き継ぐため上下挙げて慌しい。時忠も成親も、評議の座に就かねばならない。

今上はわずか八歳の少年であるが、譲位して新上皇となった六条上皇はもっと若く、まだ五歳にしかならない。しかも、この譲位を決定した治天の君、上皇後白河は新上皇の祖父、今上の父に当たる。即ち、これは甥から叔父へ、年少者から年上の者への譲位であった。後白河は、何かと気の合わなかった息子、故二条上皇の子順仁《のぶひと》を廃して、最愛の女御滋子の所生《しょせい》[*5]である憲仁を位に就けることにしたのだ。

「ご多忙中の執事殿を煩わすのは心苦しい。なに、大したことではない。こちらの女官が失踪なされた件につき、検非違使庁より報告があり、何かお心当たりでもおありかと伺うつもりであった。」

「かの少納言殿の神隠しでございますな。」

「神隠し？」

「あまりに麗《うるわ》しい女人ゆえ、神隠しに遭われたのだと女房方は噂なされておいでです。執事殿も御心痛でおられましょう。少納言殿は身寄りなき御身ゆえ、執事殿はお気の毒に思われ、御猶子《ゆうし》となされる運びとなりましたに。」

貴族が、親族の子女や身寄りのない子供を、猶子、即ち相続権のない養子とすることはよくあることである。

「それはお気の毒に。全力を尽くして探索いたすよう、検非違使庁の者どもによくよく申

＊1　執事長　＊2　執事のもとで事務に当たる　＊3　当代の天皇
＊4　天皇の位を受け継ぐこと　＊5　産んだ子

し付けよう。」

院の御所を後にすると、牛車は内裏へと向かった。中では時忠が難しい顔で腕を組んでいる。

「失踪者が三名、足が一つ。」

低くつぶやく。

「どうも、話が合わぬ。」

陽明門から大内裏へ入り、建春門から宜陽門《ぎよう》へ抜けて内裏の車寄せへ着けると、時忠は車を降りた。

宜陽殿の中へ通ろうとして、いつになく門の中がざわついているのに気づき、足を止めた。瀟洒な糸毛車《*1いとげのくるま》が停まっており、牛飼いの童が牛を解き放っている。たった今到着したようだ。

「皆様、何ゆえ然様に驚かれます？」

若い女の不審そうな声がした。

「本日戻ろうことは大炊の命婦殿へお伝えしておきましたのに。たまたま内裏を出ます時、一緒に同じ方向へ向かいましたので、私が貴布禰《きぶね》神社まで参籠《*2さんろう》に参ります由、皆様へお知らせくださると申されました。お忘れなさったのでしょうか?」

御匣殿が帰還したのである。

「御存知ないのでございますか?」

数人の女房たちがひそひそとことの次第を告げている。

「大炊の命婦殿は一昨日……」

しばらく興奮した女声のやり取りが続くと見えたが、やがて悲鳴のような声が上がった。

「どなたか! 医師《くすし》をお呼びくださいませ! 御匣殿が気を失われました!」

後に意識を取り戻した御匣殿が物語ったところによれば、失踪する前夜、夢を見たのだという。夢の中に神人《かみびと》が現れ、すぐに出立して貴布禰神社へ行き、二日ほど参籠せよ、内裏を出るまでは行先を誰にも告げてはならぬと言った。翌朝、御匣殿は早速貴布禰神社へ赴いた。神の制止があったので、やむなく実家へ宿下がりすると言って出たが、嘘をつい

＊1 染め糸で飾った牛車 ＊2 寺社へ一定期間こもって祈願すること

たことを心苦しく思っていたので、大内裏を出た所で、途中まで同道した大炊の命婦にしばらく貴布禰神社へ参籠すると話した。命婦は宮中に戻った時、皆にその由お伝えしようと請合ってくれた。安心して二日の参籠を果たし、戻ってみると大騒ぎになっていた。

「きっと……」

時忠に御匣殿の様子を尋ねられた内裏の女房はこう結んだ。

「告げてはならぬと神が仰せられた行先を命婦殿に洩らされたゆえ、神のお怒りが命婦殿に向けられたのではなかろうかと、皆、噂しあっております。」

「いやいや、御匣殿が御無事に戻られたことこそ、貴布禰の神の御加護であろう。」

右衛門督は、唇の両端を吊り上げて言った。

「運がお悪ければ、大臣家の姫とて、盗人に殺められて河原へ投げ捨てられたかも知れず、鬼に喰らわれ、ばらばらの手足となって大路に散乱したかも知れなかったのだからな。かくのごとく物騒な世の中に、行先も知らせず貴布禰まで出向かれ、二日も籠られて御生命があったとは、神仏の加護があったとしか考えられぬ。」

「まあ！　右衛門督様、何ということを申されます！」

女房は悲鳴を上げて逃げ去ったが、今のやり取りはあっという間に広まることであろう。

「女房方がどこへお出ましになろうと勝手だが、神社詣でか失踪か、紛らわしい振舞いだけはやめていただきたいものじゃ。」

肩を竦めてつぶやき、時忠は陣の座へ向かった。

宜陽殿西廂《せいしょう》にある政評議《まつりごと》の場を陣と呼ぶ。目下政の儀が連日のように評議されている。当然天皇臨御の下で行われるべきことであるが、何しろ帝《みかど》は八歳である。座をまとめるのは、太政大臣、または左右いずれかの大臣であった。この時左大臣は藤原経宗《つねむね》、右大臣は九条兼実《くじょうかねざね》。

時忠の義兄にして平氏の総帥平清盛は、前年二月に太政大臣に任命された。しかしすぐ後の五月、職を辞していて、この場にはいない。時忠の見るところ、清盛は、評議と説明を重ね、四方に目を配り、裏で根回しをしつつ意見をまとめ上げてゆくこのような形での政というものが一向に好きではないのだ。嫡子重盛《しげもり》が大納言に、義弟時忠と三男宗盛《むねもり》が参議に、それぞれ就くめどが立つと、清盛はさっさと太政大臣を辞めてしまった。

残った者の苦労は倍加する、大臣でいてくれれば良いものを、と時忠は思っている。

宜陽殿に入る手前で中納言藤原成親と行き逢った。

「先刻、東洞院へ立ち寄り、案内を乞うたが、ご不在であった。」

時忠は何気ない調子で言った。

「これは右衛門督殿、私をお訪ね下されたと。何か御用事でも?」

権中納言にして尾張守、藤原成親は美しい容貌の持ち主である。容姿の美しさ、優雅さは公卿の中で一番と言えるであろう。だが、時忠は彼に全く好意を持っていない。

七年前の応保《おうほ》元年(一一六一)、時忠と成親とは共に時の帝二条天皇の不興を被って解《げ》官《かん》されたことがある。時忠の妹滋子が上皇後白河の寵愛を受けて憲仁親王を産んだ時、この親王を東宮に立てるべく画策したためとされた。事実は、父後白河と犬猿の仲であった二条が、競争相手となりそうな弟の誕生に警戒心を抱き、憲仁を支持しそうな者を排除しようとしたものである。

時忠は、生まれた皇子の伯父に当たった。もし、この皇子が位に就けば、外戚の筆頭となる。まさに今それが実現したように。また成親は後白河の側近で、常々二条に反対の立場をとっていた。

翌応保二年（一一六二）、時忠は二条天皇を呪詛したとして出雲*国へ配流され、その地で三年を過ごした。赦《ゆる》されて帰京することが出来たのは義兄清盛の尽力による。

一連の事件の間に、時忠は共に罪に問われた美男の廷臣を見限ってしまった。自負心の強い陰謀家で、自己中心的なものの見方をし、己の責任や義務にはおよそ無関心な人物。利用できそうな者には甘い言葉で近づくが、いざという時に頼むには足りず、危機が迫れば近くの者に責を押し付けて逃げる。

「院の御所より失踪なされた女房をお捜しとの知らせを受けましたのでな。」

時忠は用心深く答えた。

「おお、行方がわかりましたか？」

相手は満面の笑みで向き直った。

「いや、杳《よう》として知れませぬな。されど、一昨日の夜、大路にて発見された女人の足がかの女房のものではないかとの懸念もあり、これ以上長く行方が不明とあらば、亡くなられたものとして足をお返し申すこととなるやも知れませぬが、その場合、どなたがお引取り

＊　島根県北東部

になるるか？」

「足でございますと！　なんと恐ろしい！」

成親は眉をしかめ、嫌悪の表情を作った。不快を示すように片袖を振るしぐさも実に優雅である。

「生きて戻らぬとあらば、亡骸をお返しいただいても何になりましょうや。まして、当人のものか否かもわからぬ片足など！　あの者には身寄りはなきようでございますゆえ、その足は鳥辺野にでも捨ておかれますよう。」

「承った。そのように検非違使庁の者どもに申し付けよう。」

唇の端を吊り上げる独特の笑みを浮かべて、検非違使別当は言った。


評議が終わったのは夕に入ってからであった。今上の当面の御所と、新上皇順仁の御座所についての詳細が決定され、院の裁可を得た。

内裏を退下《たいげ》しようとする時忠に、先刻とは逆に中納言成親が声を掛けてきた。

「右衛門督殿、新帝の御世も磐石となられましたな。さぞお喜びであろう。」

践祚が確定すると同時に、時忠は外戚の筆頭になったのである。

成親は、何の底意もなさそうな親愛の情に満ちた笑顔を向けている。この輝くような笑顔をまともに受け取れぬことぐらい、良くわかっていた。

「まことに喜ばしき限りでございますな。」

時忠は相手と同様に嬉しげな表情を作った。

「一人我が身の喜びのみにはあらず。万民の喜悦の源となりましょう。今上のご英明さは広く知られておりまするゆえ。」

嘘ではない。確かに憲仁は非常に聡明な皇子である。だが、ここで大切なのは、時忠が我が身のおかれた立場に有頂天になっていないのを知らしめることだ。帝の外戚であれば、位人臣《くらいじんしん》を極めることも可能である。自身が大臣の位に就き、一族をすべて高位に上らせることも出来るであろう。しかし、時忠はそのように強風を受ける高い木になるのはまっぴらであった。

義兄平清盛のような武門の出身ではない時忠には、権力の座に就いた時に支えとなるべき軍事力がない。二百年も前ならいざ知らず、今の世で何の武力の後ろ楯もなく実権を握り続けていられると思うほど、この男は愚かではない。そもそも時忠には権力欲というものはさしてなかった。世の中を斜めに見る癖のあるこの公卿が一番生きがいを覚えるのは、鋭い知能を十分に発揮出来る場を得ること、そして彼が評価するに足るごくわずかな人々を、感嘆のあまり唸らせることであった。

「また、院のお喜びもいかばかりかと拝察せられまする。前《さき》の主上は御病弱であらせられ、院は常々御心を痛めておわした。」

「まことに。」

　成親は同僚の顔にちらりと横目を走らせた。

「この後、帝は東洞院の御所を里内裏《さとだいり》*1となされるはずにございます。今後、私は法住寺殿に詰めることとなりましょう。右衛門督殿のお邸から、今までよりは幾分離れますれど、御用あらばそちらへ。」

「心得申した。」

「では、明後日の評議にて。」

　恭しく礼をして立ち去る成親を見送って、微かに眉をひそめた。あの男が普段よりも親しげな様子を見せる時にはろくなことはない。

内裏を出た時忠の車は、待賢門を通って自邸へ戻ろうとしたが、東大宮大路で待っていた者がいた。

「別当様にお取り次ぎを。検非違使庁の者にございます。」

[*2]褐《かちん》染めの水干を身に着けた、がっしりした男が車の前に片膝をついた。時忠は左の[*3]物見《ものみ》を開いた。

「何ごとか?」

「山本判官様より、今朝方お命じになられましたる件の調べがつきましたゆえ、後ほどお邸に参上いたしたく、お許しをいただきたいとお伝えせよとのことにございました。」

「判官は今どこにおる?」

「役所に戻っておられます。」

＊1　平安京で、内裏のほかに設けられた仮の内裏
＊2　濃紺　＊3　窓

「では、出向く。車を堀川へ廻せ。」

男が驚いて目を丸くした。

「そのお姿で役所へ参られますか?」

時忠は評議に出た時のままの袍を纏《まと》っている。

「その方、名は?」

物見の窓越しに、からかうような光を宿した大貴族の目が男を見た。

「役所の放免、守里と申しまする。」

「足を拾って参ったのはその方か?」

「然様にございます。」

「先に参り、判官に門前で待てと伝えよ。」

守里が去ると、時忠は物見を閉じ、屋形の中に置かれた小さな唐櫃《からびつ》を開いて狩衣と立烏帽子《たてえぼし》を取り出した。衣冠を脱ぎ捨て、衣を替えてしまうと、近衛大路に入る手前で車を止めさせる。牛を付けたまま、踏み台を置かせて道へ降りた。

「車を邸へ戻せ。」

「殿様！　どちらへ参られますので？」

牛車の供をする車副《くるまぞい》の舎人が慌てて尋ねた。

「先ほどの者が申しておったであろう。検非違使庁で山本判官がわしに伝えることがあるそうじゃ。」

舎人はひどく疑わしそうな目をした。

「では、役所の前でお待ち申し上げまする。先日のごとく、いずこへかお立ち寄り遊ばされて御帰りが遅くなられまするとと、我等、基茂殿に大層叱責されますゆえ。」

「基茂には、わしがたって命じたゆえ、止むを得ず戻ったと申せ。主の申したことを家司に忠実に伝えるのも家人の役目であろうが。」

さっさと行ってしまった主を見やって、舎人は深く深く溜息を吐いた。そして牛飼いの童に車を戻すように命じ、太刀を取って見え隠れに主の後を追った。

守里の知らせを受けた俊清は急いで検非違使庁の門前まで出た。牛車を探して大路を見渡したが、視線が、たった一人徒歩でやって来る別当を捕え、思わず口を開いて立ち竦んだ。従っていた守里がそっと袖を引いた。

「判官様、あのお方はまことに別当様でございますか？　別当様ご自身はいずれかにおわしまして、身代わりの方が表に立たれるとか？」

「いや、確かに別当様じゃ。間違いない。」

身代わりならば良かったのだが、という言葉を危うく呑み込んだ。見たところ、時忠は太刀を帯びてさえいない。これでは同行する者が護衛役をもって任ずるほかはなく、基茂の心配も故なしとは言えぬであろう。日が落ち、大路は暗くなり始めている。

「別当様！」

「速やかな探索、神妙じゃ、判官。弔いのあった家はどのあたりであった？　おそらく、少納言の乳母か、乳母子《めのとご》の邸ではないか？」

「御慧眼畏れ入りました。亡くなりましたのは少納言の局殿の乳母子にあたる十九歳の女人で、兄の正六位下《しょうろくいのげ》＊、中山貞恒《なかやまのさだつね》の邸にて一昨日弔いの儀が営まれ、鳥辺野にて火葬されております。場所は三条西堀川、かの少納言殿の旧邸の一画にございます。」

「訪ねてみることにいたそう。」

「あの、別当様、御探索の趣旨をお聞かせ下さいますれば、某すぐに参って問い質して参りまする。別当様はどうか庁屋にてお待ち下さいませ。家司殿のご心配もあり、夜分のお出ましはお控えになられた方が……」

「また基茂が何ぞ申したか。困ったものじゃ。あの者、世の常の見方でしか物を見ようとせぬ。」

自らの非常識は完全に棚に上げて、別当はしかつめらしく首を振った。

「そなたに問い質させたとて、誰も真実を申し述べはすまい。才が不足しておるのではないが、この件を扱うには年に不足がある。糾明いたしたきことがあるゆえ、法事のあった家へ参る。馬を二頭引け。」

いたしかたなかった。俊清は自分の馬のほかにもう一頭、役所の厩《うまや》から馬を引き出した。守里に行先を告げ、後を追って来るように命ずる。

二人は馬を速足に走らせた。急がねば、ただでも人通りの少ない右京の通りは隣の者の顔もわからぬ闇に沈むであろう。

＊　下国の国司や次官の介の位

少納言の局の実家、故少納言高階清親の邸は、荒れ放題で半ば崩れかけていた。母屋の材木や門などは持ち去られて木組みだけが残っている。一画に何とか手入れの行き届いている場所があり、そこが中山貞恒の住まいであった。

「只今より、わしはそなたの上役、検非違使大尉中原定道《たいじょうなかはらのさだみち》と心得よ。」

馬を降りながら、時忠は隣りの少尉に言った。

「別当と呼んではならぬ。」

「相わかりました。」

何ごとが起こるのかと緊張しながら、俊清は太刀を引き付け、門を叩いた。

「中山貞恒殿はご在宅か？　検非違使庁より、大尉中原定道、少尉山本俊清、お目にかかりたく罷り越した。」

しばらくして雑色と見える若者が門を開き、当惑した様子で二人を中へ通した。家移りでもするのか、簡素な邸内にはほとんど家財がなく、いくつかの荷が積んである。微かに香が漂うのは、一昨日の弔いの名残であるようだ。二十三、四歳と見える主が二人を出迎えた。

「中山貞恒にござる。この度、能登国の介《すけ》を仰せつかり、明朝出立いたすところなれども、何か、不都合でも？」

きびきびした物言いをする青年であったが、どこか屈託ありげに蒼ざめているのは、妹を亡くした直後だからであろう。

「不意にお騒がせいたし、まことに申し訳なきことなれども、役儀にて一、二お尋ねいたしたく、すぐにも退散仕るゆえ、どうかお許しくだされ。」

時忠は辞を低くして言った。

「某、検非違使大尉、中原定道と申す。代々役所にて律、令の吟味を職といたす。」

生まれてこの方、この名以外に名乗ったことなど一度もないかのような、すらすらと滑らかな物言いに、俊清は呆れ果てて言葉もなかった。この別当には生来詐称の才があるに違いない。現に貞恒は微塵《みじん》も疑いを抱いた様子はない。

「中原殿、検非違使庁が某に何か？」

「妹君の御逝去まことに御心痛のこととお悔み申す。お若くして世を去られた由、お気の

＊　能登国　石川県北部

毒なことであった。」

「痛み入る。不慮の病にてみまかりしものゆえ、母の嘆きも深く、某も胸のふさがる思いにて……」

正直そうな青年の面には悲しみの色がある。妹を悼《いた》む気持ちに嘘はなさそうであった。時忠は、じっとその顔を見つめていたが、ちょっと唇の端を吊り上げると、ずばりと訊いた。

「そのお妹君の足を、何ゆえ断たれたか？」

「何と！　そのようなことは……」

「別……中原様、あれは少納言殿のものではございませぬので？」

貞恒は狼狽《ろうばい》のあまり、俊清は驚きのあまりに口ごもった。

「妹は二日前に荼毘《だび》に付し申した。誓って足を断ったりなど……」

「浄衣をまとい、柩《ひつぎ》に納められたご遺体には、御遺族方がさぞ多くの麗しい衣を着せ掛けられたことであろうな。お若い女人であらば当然のこと。ことに足元には厚く。」

「某には妹の遺体を傷つける理由などござらぬ。」

「無論妹御を憎んでのことではない。少納言殿に請われたか、あるいはお母君のお言いつけであったやもしれぬ。妹御を荼毘に付された後、清水坂《きよみずざか》を通り、六波羅を抜けて五条大路へ入り、大切に持参した妹御の足を片袖と共に捨てた。何者かに発見してもらわねばならぬので、おそらく松明の光が近づいて来るのを待って捨てたのであろう。守里が気づかずに去ってしまえば、別の者が通るまで見張っていたに違いない。野犬などに持ち去られては耐え難い思いがあったであろうゆえ。たまたま発見したのが検非違使庁の放免だったのを知り、さぞやほっとなされたであろうな。だが、悪いことにその晩行方が知れなくなったは、少納言殿だけではなかった。三人が同時に失踪いたしたりなさらねば、不幸な災難に遭われたのは少納言殿ということになり、足のみを遺体とした葬儀が営まれたことであろうな。」

貞恒は死人のように顔色を失っていた。

「証《あかし》となるものはあるまい。」

「邸内を探索いたさば、片袖のない袿と、その持主たる女人を見出すのは確かと思われるが、如何か？」

「探索などさせぬ！」

「検非違使庁の手の者どもが踏み込んでもよろしいのか。」

聞いていた俊清が呆れ返るほど堂々と嘘をついた。たった二人で飛び出して来たので、役人を連れて来る時間などあったはずはない。

しかし、貞恒はこの威《おど》し文句がはったりだろうとは一瞬も考えなかったようである。赤くなり、次に蒼くなり、時忠を見、ちらりと部屋の隅の櫃《ひつ》[*1]に置かれた太刀を見、最後に奥の遣戸《やりど》[*2]を見た。こちらは、嘘などついたのは今回が初めてなのであろう。俊清はこの青年が気の毒になった。

やがて貞恒は覚悟を決めたものと見えた。太刀を左手に掴み、険しい目を時忠に向けた。

「お二人に恨みはなけれど、御命をいただく。その間に、母ともう一方、逃れるほどの時は稼げよう。」

俊清も太刀を握り締めて片膝を立てた。とにかく別当の身は護らねばならない。

「良いご決断とは申し上げかねる。」

全く動じていない声で時忠は言った。

「今までのところ、中山殿は誰も殺めたり、傷つけたりなさってはおられぬ。我等の生命がここで失われれば、御身は咎人《とがびと》となってしまわれるが、母君方はそれでよろしいとお考えかな?」

「大理卿《たいりきょう》様!」

若い女の震える声がした。

遣戸が開いて、中から十七、八歳の女人が現れた。俊清は、これほど美しい女を見たことがなかった。

「奥においでなされよ。」

貞恒は油断なく客の方を窺いながら、彼女を背後に庇《かば》った。

「貞恒殿、このお方は大理卿でいらっしゃいます。おそらく、院の執事別当成親様のご依頼で私を連れ戻しにおいでになったのです。」

検非違使の別当を唐名で大理卿と呼ぶ。

「まさか、右衛門督様と?」

＊1　ふたが付いた大形の箱　＊2　引戸

貞恒の手が太刀から離れた。鬼を見たように立ち竦んでいる。

「私を見知っておられたか?」

時忠は眉を上げて女を見た。

「一度だけ、私が院の御所へ上がりました日に、車の御簾《みす》越しにお顔を拝見いたしました。」

「院の御所の少納言殿であられるな。」

「はい。私をお捜しになっておられたのでございましょう。院の別当成親様とは御懇意とお見受けいたしました。どうか、あの方によろしくお取り成しくださいませ。すべて私の浅はかな考えから出たことにて、乳母や貞恒殿には何の責もございませぬ。私の乳母子であった九条が亡くなります前に、もし自分がみまかったら、私の身代わりに身体を使ってくれと言い残してくれた由にて、乳母からそれを聞きました時、藁にも縋る思いでふらふらとその気になってしまいましたのがいけなかったのです。」

「仙洞にお仕えなさりたくなかったたか?」

「はい。執事の中納言様は、ご親切にも私を猶子としてくださり、上皇様の許に上げてくださろうとなさっておいででした。されど、私の望みは貞恒殿の妻となることでございます。何度もご辞退申し上げましたが、聞き入れていただけず、私を院の御所に推挙してくださいました。ご親切を無下《むげ》にはいたせず、私が死んだことにさえなれば諦めてくださるかと……」

「ご親切でなどあるものか。」

時忠は唇の端を吊り上げた。

「まあ、よろしい。そこで少納言殿、再度伺う。院のお傍に侍《はべ》るおつもりはないのか？栄華の極みに上ることとも出来ようが？」

「ございませぬ。」

少納言はきっぱりと答えた。

「貞恒殿と乳母が能登へ出立いたした後に、私は落飾《*らくしょく》いたし、寺へ入るつもりでおります。貞恒殿が執事別当様のお怒りに触れることがあってはなりませぬゆえ、どうか、大理卿様、よろしくお取り計らいくださいませ。貞恒殿には関わりなきことでございます。」

「そのような取り計らい、一切出来ぬな。」

＊　貴人が髪を落とし出家すること

時忠はにべもなく言った。

「そもそも、中山殿は明朝出立などできぬ。」

「大理卿様！」

「お気の毒に、妹御の葬儀が済んだばかりと言うに、またもう一つ弔いをなさる羽目になられたのだからな。少納言の局が無惨にも鬼に喰らわれて亡くなられたとなれば、後生を弔うは、かの局の乳母を務めておられたお母君と、貞恒殿しかおられぬ。出立は日延べ、貞恒殿は明朝葬儀の仕度をせねばならぬ。然様じゃな、山本判官？」

「は？」

俊清は目を丸くしたが、やがて何とか話の筋道を理解した。

「あ、はい、間違いございませぬ。明朝は葬儀にございます！」

「表に守里が参っておろう。あの者に申し付け、役所に保管してある少納言殿のご遺体の、唯一つ残された足を白絹に包み、箱に入れて丁重に乳母殿にお返しせよ。法住寺殿には使いをやって、院の別当殿に少納言の局の死去が確認された由、お知らせせよ。痛ましいことではあるが、これも運命と申すものじゃ。」

用事は済んだという様子で立ち上がる。

「その旨通達すべく、判官二人がお知らせに上がった。」

少納言は泣き伏した。貞恒は平伏して言葉もなかった。二人に目をやり、時忠はこの男にしては真面目な口調で言い含めた。

「お間違えあるな。本日参ったは中原定道、検非違使大尉を務めおる者じゃ。この場には、少納言殿がおられぬように、右衛門督もおらぬ。二人とも、今頃浄土でやら、自分の邸でやらわからぬが、幸せに憩うておる。よろしいな？」


新しく能登介となった正六位下、中山貞恒は、結局三日後に家族を連れて能登へ下向した。辰の刻（午前八時）に出立した一行は、二台の女車を連ね、数人の雑色と下部を連れて五条大路を東へ渡り、短い間に二つの弔いを出した鳥辺野の寺で遺骨を引き取ってから能登へ下ることになった。

俊清が、その朝貞恒の出発を知らせるため別当邸に出向くと、案の定見送ると言い出した別当は徒歩で大路へ出かけ、家司の平基茂はほとほと腹に据えかねたように文句を言った。

「お戯《たわむ》れも大概になさいませ！　某の姪はもうこれで三人、甥に至っては五人でございますぞ！」

「家司殿は何を怒っておいでになられますので？」

基茂の姿が見えなくなったところで、俊清は首を傾《かし》げた。

「姪御と甥御がどうかなされたのでございますか？」

「何もあのように憤《いきどお》ることはないのだが、あの老人は頭が固うて困るのじゃ。」

俊清の上司は溜息をついた。

「かの少納言は、哀れにも鬼に喰われて世を去った。すると、貞恒に同行する許婚《いいなずけ》はどこの家の者じゃ？　身許が知れぬでは困るであろうが。そこで、基茂の弟がたまたま能登におったことにし、親の死後都に参っておった娘を国許《くにもと》へ送り返す役目を、貞恒に託すことにした。その由、一筆認めて遣わしたと申したとたんに機嫌を損ねた。」

「家司殿にお話もなく、姪御ということになされたので！」

「あのような麗しい姪が増えるのは喜ぶべきことではないか。はじめは娘にしようかと思うたのだが、どう見てもあの麗人が基茂の娘というは無理があるのでな。」

「それはそうでもございましょうが……」

勝手に姪を増やされては基茂も困るであろう。

＊受領《ずりょう》である守や介の領国への下向は、都人の楽しんで見物するものの一つである。美々《びび》しい行列になることも多いのだが、貞恒の一行はごく質素なものであった。時忠は東洞院大路をまっすぐに五条大路の角まで行き、やって来る少人数の行列をじっと見守った。その視線の鋭さに、俊清は思わず背筋を伸ばし、同時に意外な思いを抱いた。何ゆえ別当は、このように厳しい検非の眼をもって自らが助力してやった恋人たちの一行を見るのだろうか？

時忠は、人目を忍んで他出する時に身に着ける狩衣姿であった。一行の中ほどを騎馬で行く中山貞恒は、道端に立っている男が先日出会った検非違使庁の最高責任者だとは全く気づかずに通り過ぎた。誰が見ようと、この人物の正体を見抜くのは難しかったであろう。

しかし、後続した二台の牛車のうち、後の車の物見が開いた。扇で半ば顔を隠した非常に美しい女人が、中で深く頭を下げた。

＊　地方長官

これを見た時、検非違使別当の緊張が緩んだ。唇の両端を吊り上げて軽く礼を返すと、くるりと向きを変えて行列を離れた。

「別当様！」

慌てて追い掛けながら、俊清は尋ねた。

「最後までお見送りなさいませぬのか？　あのお二人は、別当様の御温情に感謝なされておいででしょうに。」

時忠はじろりと部下を一瞥した。

「わしが温情であの女人を助けてやったと思うておったのか？　然様な考えでは、そなた、決して出世できぬぞ。」

「はあ……」

「ここまで関わった上は、そなたも他言出来まい。それゆえ、申し聞かす。あの少納言は、以前[*1]少弁局《しょうべんのつぼね》と呼ばれておられたわが庶妹[*2]、女御滋子様によく似た面立ちをいたしておる。」

「それゆえにおいたわしく思われましたので？」

相手は嘆かわしげに首を振った。

「そなたのような好人物を馬鹿と申すのであろうな。長ずれば基茂と良い勝負じゃ。」

「別当様？」

「良いか、院の御所の執事別当、権中納言成親殿は、したたかな策士でおられる。当今《とうぎん》は即位なされて日が浅く、次の東宮の御位は空いたままじゃ。もし、成親殿の猶子となった少納言に院の御目が留まり、新たな女御としてお傍に侍れば、皇子の御誕生を待ち、いずれ東宮へ、さらに帝へと望みを繋ぐことも不可能ではあるまい。現に執事殿は、御自身のお身内を何人も女房として院にお仕えさせ参らせたが、滋子様ほど深く院の御心に適った方はおられなかった。」

　唇の端を吊り上げ、ひどく皮肉な表情を作る。

「上皇様のお好みは、みめかたちの美しさはもちろんのこと、利発なうえに芯の強い、しっかりとした女人であらせられる。かの少納言はその点も女御様によく似ておるようじゃ。少納言が院にお仕えすると決めたなら、わが妹にとりあなどり難い競争相手となったであろうな。兄として、妹の立場を危険にさらすような者は排除して当然であろうが。あの少

＊1　太政官に属し行政執行に当たる官名　＊2　異母妹

納言、こっそり亡き者にすることも出来ぬではなかった。」

「まさか！」

「もっとも……」

肩を竦めた。

「先日のような状況であらば、たとえ御所に上がったとしても恐るるにはたらぬ。何故なら……」

口の中で、物好きにも、と呟いたように聞こえた。

「女御様は、心底、院をお慕い申し上げておる。院と共に過ごされるのが楽しくてならぬご様子じゃ。顔かたちが似通っておっても、以前の許婚を想って日夜泣き暮らしておる者より、自らの謡う今様《いまよう》にうっとりと耳を傾け、時には共に謡う者の方が好ましいのは当然であろう。少納言がまことに貞恒と共に下向する覚悟であらば、何もわざわざわしが危険を冒して排除に当たることはない。されど、人は後に気の変わることもある。治天の君の女御となれば常の地位ではなきゆえ。」

「本日お見送りに参られましたのは、少納言殿が真実能登へ向かわれたか否かを見定めるためにございますか！」

「それ以外にわしが出向かねばならぬわけがどこにある。幸い、あの女房は利発な性質《たち》にて、わしの懸念に気づいたと見える。わしに姿を見せて、己が覚悟に変わりなきことを示した。貞恒め、妻にいたさばあっという間に頭が上がらなくなるであろう。まあ、それにても、あの二人は共に想い人と添うことが出来た。女御様は若い麗人と院の寵を競わずにすみ、成親卿の思惑は見事にはずれた。重畳《ちょうじょう》至極。」

満足げに笑みを浮かべる。別当様は、よほど院の執事成親卿がお嫌いらしい、と俊清は思った。

「これで足の一件は片が付いた。久方ぶりに東市へ参ってみよう。そなたも役所へ戻るがよかろう。」

「お一人で市を歩かれるなど！　お供仕ります。」

「供はいらぬ。戻るが良い。なに、危険はない。わしに気づく者などおるはずもない。」

「時忠殿！」

背後からよく響く女人の声が掛かった。

別当はぎくりと凍り付いた。いつの間に来たのか、見事な牛を付けた、立派な女車が止まっている。御簾を巻き上げて、中年の品の良い尼君が驚いたようにこちらを見ている。

「あのお方は？」

どなたかと尋ねようと、上司を顧みた俊清は仰天した。なんと、豪胆な皮肉屋の貴族の顔に恐怖の色があるではないか。

「時忠殿、このような所で何をなさっておいでです？　車は何処に？」

「二位殿……」

尼君が身を乗り出すと、別当は反射的に身を引き、逃げ道を探すかのように左右に目を走らせた。

「基茂の爺《じい》が常々嘆いておるのは聞いておりました。従三位にもなられたに、車もなしに他出なさるなど、何をお考えになっておられますのか。」

「決して常々のことでは……」

「お黙りなされ！」

尼君は切れ長の目で別当を睨み付けた。

「そなた様は、いつもいつも何か惹き起こしてから、それをごまかそうとなさる。覚えておいでか？　そなた様が三つの折、蛙《かわず》を追って池にはまり、すんでのことで溺れ死ぬところを、私が水に入って引き上げてさし上げた。新しい袴がずぶぬれになりました。ところが……」

「姉君、そのような昔のことを……」

脂汗を流している。

「母君に咎められると、ただ水遊びをしておったのみにて、衣が濡れたのは姉君に水をかけられたからだと申したな？　あの時そのままにしておけば、そなた様は今頃浄土の蓮《はちす》の上じゃ。」

きらりと目が光る。見ると、皮肉な笑みを含んでこそいないものの、その目は別当のものとよく似ていた。この尼君は、時忠の姉、前太政大臣平清盛の室、落飾して二位の尼と呼ばれる人に違いない。

「あの、どうか、尼御前《こぜ》様……」

どもりながら、俊清は訴えた。窮地に陥った別当を助けねばならぬであろう。

「別当様に無理に他出をお願い申しましたのは某にございます。役所の所用にて、どうあっても別当様の御裁可を仰がねばならず……」

本来裁可は路上ではなく、邸の庁屋で下すはずである。この別当の傍にいると、誰も彼も虚言を弄するようになるらしい。

「まことに務めのためとあらば、いたしかたありますまいが……」

尼君は疑わしげであった。

「時忠殿、邸まで送って進ぜます。お乗りなされ。それにしても、そなた様は良い下役を持たれて幸せ者じゃ。構えてこの若者や、基茂に心労をかけることなりませぬぞ。」

検非違使別当を車の尻に乗せると、頭を下げる俊清を残して女車は大路を遠ざかって行った。

二　鵺《ぬえ》

東洞院大路《ひがしのとういんおおじ》に三町に渡って広がる五条里内裏《さとだいり》は、もとは前参議原邦綱《くにつな》の邸《やしき》として使用されていた。邦綱は穏やかな世故《せこ》に長《た》けた人物で、金満家として知られ、後白河上皇の信頼も篤かった。後白河の皇子憲仁《のりひと》が誕生した時、邦綱の娘邦子《くにこ》が乳母として選ばれ、上皇皇子を養育することとなった。その際、邦綱が広大な東洞院の邸を献上したのが、憲仁即位後に里内裏として用いられているこの建物である。邦子はここで自分の住み慣れた環境を変えずに皇子を育てることができた。

憲仁の母、東の御方と呼ばれた少弁局平滋子《しょうべんのつぼねたいらのしげこ》は、兵部権輔《ひょうぶごんのすけ》正五位、故平時信《ときのぶ》の娘で、異母姉に前《さきの》太政大臣平清盛《きよもり》の北の方、二位の尼時子を、異母兄に右衛門督《うえもんのかみ》権中納言平時忠《ときただ》を持つ。滋子は、常には後白河と共に六波羅の南にある法住寺殿《ほうじゅうじどの》に住まっていたが、仁安《にんあん》三年（一一六八）三月二十日に憲仁が即位した後は、しばしば里内裏を訪ね、ここに留まって我が子と喜びを共にした。

翌朝には法住寺殿へ戻ろうとする八月三十日の夜、天皇の乳母邦子と談笑していた滋子のもとへ蒼くなった一人の女房が走って来た。

「皇太后様！　竹王が重傷を負って門前に倒れておりますのが発見され、門内に運び込んだ由《よし》でございます。お上に宛てられました御文、いまだ携《たずさ》えたままにて、握り締めております。」

「されど、竹王にはたった今……」

翌朝戻るとの知らせを、法住寺殿の後白河に伝えるべく、持たせたばかりである。

「大宮様、こちらでお待ち下さいませ。私が様子を見て参ります。」

今上の乳母、別当《べっとう》の三位《さんみ》邦子は、立ち上がろうとする滋子を押し留めて座を立った。国母が軽々しく門へ出向くわけにはゆかない。

「竹王はどのような容態じゃ?」

足早に中門へ急ぎながら邦子は女房に問うた。

「門番の話によりますと、かなりの深手とか。門を出てから二門も歩まぬほどに、大声で叫ぶ声が聞こえ、松明《たいまつ》を持った門番が駆け付けましたところ、路上に血を流して倒れている童《わらわ》を発見したそうにございます。」

一町は東西に四行《ぎょう》、南北に八門《もん》に区切られる。一門歩いた所とすれば、門番と別れてから数十歩で、竹王は何者かに襲われたことになる。

「盗人の仕業《しわざ》か？　内裏のかくも近くで狼藉を働くとは傍若無人な！」

邦子は気丈な女性であった。東の中門の傍に設けられた車宿《くるまやどり》に急ぎ、血を流して横たえられている少年を見た時も声を上げたりはしなかった。しかし、応急に布を巻かれた竹王の傍に丸めてある、破れた水干《すいかん》が吸った血の多さを見れば、少年が生命に関わる重傷を負ったことは明らかであった。幸い宮中の医師《くすし》が常駐していたこともあって、竹王の傷は止血が済み、薬を塗られて布が巻いてあり、医師が少年のために薬を煎じているところだった。

「三位の局様……」

童はぼんやりした目で邦子を見た。出血がひどく、朦朧《もうろう》としているようである。医師が煎じ終わった薬を飲ませる。

「どうしたのじゃ？　竹王、気の毒に。気を確かに持ちなされ。物盗りに遭うたか？」

「いいえ、人ではありませぬ。あれは物怪《もののけ》にございます。」

竹王は震えだした。

「通りで出会ったのか？」

「いいえ、大路には何もおりませんでした。空中から襲い掛かって来たのでございます。あれは……」

言葉は続かなかった。飲んだ薬のせいか、少年は目を閉じ、睡りに入ってしまった。


「どうか、帝をお守りくださいませ。」

皇太后滋子は深く頭を下げた。彼女の前には、異母兄、右衛門督時忠が座している。

「さて、何からお守りせよと仰せられますか？」

時忠は眉を上げて高貴な身分の妹を見た。

「使いに出した走り下部《しもべ》の童が襲われたとのこと。通りに人影はなく、悲鳴を聞いてすぐに駆け付けた門番も不審な者を見かけてはいない。童は深手を負うたが、一命は取り留めた。傷は、噛み傷、裂き傷とおぼしきものが五ヶ所。然様《さよう》でございましたな？」

「はい。」

「では、狼か野犬の仕業でございましょう。内裏の近くまで入り込むとは由々しきこと、武士《もののふ》に申し付けて野犬を狩ることといたしますゆえ、大宮には、どうぞ御心を安んじられませ。このようなことは二度と起こりますまい。」

「右衛門督殿……」

皇太后は怯えた目をした。

「野犬や狼とは思えないのでございます。襲われた童が申したこと、この三位の局が詳しく聞き取りました。三位殿、お話しなされ。」

別当の三位と号する今上の乳母邦子は、切れ者の名が高い右衛門督に向き直った。

「大理卿《たいりきょう》様、お聞きくださいませ。」

大理卿とは、検非違使《けびいし》の別当の唐名である。時忠はこの役職を兼任している。即ち、都内外の治安を維持するのは彼の役目なのである。

「生命を落としかかった童がまず切れ切れに申しましたのは、あれは人ではない、物怪だ、ということでございました。」

「やれやれ、物怪にございますか。」

「お笑いになられますな！」

相手の唇が皮肉に吊り上がるのを見て、邦子はむっとしたように言い返した。

「私とて、最初は物盗りか野犬の仕業と思うたのでございます。されど、やがていくらか人心地《ひとごこち》のつきました童に問い質しますと、通りには誰もいなかった、もちろん犬や狼の姿もなかったと申しました。突然に空中から何かが襲って来て、押し倒され、転んだと。黒いものが肩に噛み付いた。頭は丸く、猿のようで金色の目をしていた。その後に黒い蛇が鎌首をもたげてうごめいていたと。」

「黒い大きな犬か狼でなかったとは申せますまい。」

「医師にお尋ねくださいませ。あの傷は、果たして犬につけられるものか否かを。」

「童から話を直接に聞くことが出来ますするか？」

「寝《やす》んでいるようにございますが、目が覚めれば障《さわ》りなきかと思いまする。」

しかたない、と時忠はうんざり首を振って見せた。

「相わかった。別当の三位殿がかくも熱心に仰せられるのであれば、取り調べてみねばなりますまい。まず医師に、次にその童に話を聞いてみることといたそう。」

医師、と一般的に言うが、*典薬寮《てんやくりょう》の役人の中で、主上が御病《いたつき》の際に脈を診候《しんこう》し、薬を奉るのは侍医である。四人いる侍医は、通常内裏安福殿《あんぷくでん》の薬殿《くすりどの》に出仕し、里内裏に全員揃うことは少ない。また、侍医が内裏で主上以外の者の脈を軽々しく取ることは控えるのが常であったから、傷を負った童を診《み》たのは侍医に従っていた若い医師であった。

「典薬寮薬園《やくえん》に勤めおります医師、丹波祐麿《たんばのすけまろ》と申しまする。」

二十五、六歳に見える医師は、検非違使別当の突然の呼び出しに驚きながら平伏した。

「先刻手当ていたした童についてのお尋ねとか。何ごとにございましょうや？」

「傷は、人によるものか、獣によるものか？　その方の見立てを聞きたい。」

医師は困ったように眉を寄せ、首を傾《かし》げた。

「獣による、と思いまするが……」

「定かではないのか？」

＊　宮中で治療や医薬などをつかさどる

「あのような傷を負うた者を手当てしたこと、今まで一度もないのでございます。右肩から首にかけての噛み傷は、明らかに獣によるものにて、最初は狼に襲われたかと思いました。童が首を動かしたために喉笛を噛み切られずに済み、幸いにも一命を取り留めたものにございます。されども、童の背と、左腕、それに右太腿と左足首に、深く鋭い爪の跡と思われるものがあり、背は大きく引き裂かれておりました。どう見ても狼ではありませぬ。強いて申せば、大きな鷲が兎を掴《つか》み殺す時のような傷でございます。」

「鷲じゃと？」

「童はその動物が襲い掛かるのに気づいておりませんでした。空中から襲われたとしきりに申すのです。夜であったことを考えると、鷲ではなく、梟《ふくろう》の類《たぐい》であったやも知れませぬが、梟に牙はありませぬ。首についた傷は牙によるものでございます。」

「最初に狼が、続いて梟が襲ったということは？」

「童が叫び声を上げてから、門番が駆けつけるまではほんの数瞬であった由にて、その間に何種類もの生き物が次々と襲って来たとは思えませぬ。」

若い医師はきっぱりと答えた。

「それにあの傷は、すべて同時に、一瞬のうちに付けられたものと思いまする。童も何か一つの物に襲われたと申しております。襲った物に、狼の牙と、鷲の爪が備わっていたと考えるのが妥当かと存じます。」

中門の車宿が仕切られて一画に床がとられ、血の気を失った少年が寝かされていた。周囲には屏風が立て廻らされて風と人目を遮っている。重い傷で動かすことが出来なかったのだ。

検非違使別当の尋問のために奥へ運び込もうと言う人々を押し留めて、時忠は自身で中門へ出向いた。同行を命じられた医師丹波祐麿は、先刻診たばかりの深手の童が動かされずに済んだことにほっとした様子でつき従って来た。

時忠は、立てられた屏風の手前で医師に向き直った。

「わしの言葉に一切口を挟んではならぬ。童が不審に思って尋ねても、わしが申したことに相反する説明は無用。わかったか。」

「かしこまりました。」

二人は屏風を廻り、臥せっている少年を見下ろした。小柄だが、十三、四歳にはなっているであろう。

「竹王と申すか？　そなたに物を尋ねたいが、良いか？」

童はうっすらと目を開いた。

「怪我のことをお役人に申し上げよと三位の局様が仰せられました。検非違使庁のお役人にございますか？」

「さよう。わしは検非違使大尉《たいじょう》、中原定道《なかはらのさだみち》と申す者じゃ。」

若い医師は目を丸くしたが、先刻の命令を思い出し、辛うじて口を押えた。

「起きずとも良い。気の毒に、酷《むご》い目に逢《お》うたのじゃな。今後このようなことが起こらぬよう、よく調べねばならぬ。今は、わしの尋ねることに答えてくれれば良い。すぐに済む。後ほど何か傷に良い食べ物を運ばせよう。」

右衛門督の声音《こわね》は、先刻の厳しいものとはうって変わって朴訥《ぼくとつ》で親切だった。童は頷き、親切な役人に信頼に満ちた眼差しを向けた。若い医師は感心して見守っている。通常の皮肉屋で辛辣な彼を知っている者が見れば、驚きのあまり目を剥《む》いたであろう。

「そなた、大宮様のお文を法住寺殿にお届けせんと門を出たのだな。どのくらい歩いた所で災難に遭ったのじゃ？」

「五十歩も歩いておりませぬ。御内裏の塀に沿ってほんの少し行っただけにございます。」

「何に襲われたのかわかったか？」

「化け物でございます……」

竹王は、恐ろしさを思い出して口ごもった。

「真っ黒い、大きな丸い頭の、金色の目をした化け物でした！　後に蛇が動いておりました！」

「大きさは？」

「御医師様ぐらいでございます。」

祐麿は、かなり大柄な男である。

「暗かったであろうに、よく見えたな。」

「＊脂燭《しそく》を持っておりました。五本ほど持って、一本づつ使おうと思い、最初の一本を点《とも》し

＊　小さな松明

たところで、突然肩を押されて倒れ、のしかかられて噛まれました。脂燭が飛ぶわずかの間にそれを見ました。大声で叫んだばかりで、後はわかりませぬ。」

「どちらから襲って参ったのじゃ？　大路からか、物陰からか？」

「不意に空中から現れました。」

歯の根も合わぬほど震えている。

時忠はじっと童を観察していたが、後ろの医師を振り返った。

「御医師殿、この者の傷を検分いたさねばならぬ。申し訳なきことながら、布を取り、傷を見せていただきたい。障りないか？」

「相わかりました。」

祐麿は、竹王の身体を包んだ布をそっと解いた。

ひどい傷だった。背中に深く抉《えぐ》れた穴がいくつも開き、引き裂かれて何箇所か肉がはじけていた。首筋の傷は噛まれたもののようで、肩に深い牙痕があり、肉がちぎれたようになっている。じっくりと傷口を検分した後、時忠は医師に目配せした。

「もうよろしい。すぐに布を巻いてくだされ。竹王とやら、疲れたであろう。よく休むが良い。」

「判官様。」

竹王が言った。相手を検非違使大尉と思い込んでいる。

「あれは、毛の生えた物でございました。ふわふわと柔らかい、滑らかな毛に触れたような気がいたします。」

「よく教えてくれた。ぐっすりと眠り、早く傷を癒せ。」

時忠は立ち上がって車宿を出た。去る前に、童が目を覚ましたら、何か甘い物を与えるようにと命ずることを忘れなかった。


翌朝、皇太后滋子は五条里内裏を出て法住寺殿の上皇後白河のもとへ戻った。

「ようよう帰ったな、大宮。」

上皇は笑顔で最愛の后を迎えたが、上機嫌というわけではなかった。滋子の帰殿が思いのほか遅かったからである。戯《たわむ》れるように、院は今様《いまよう》を口ずさんだ。

「わが戀《こひ》は一昨日《おととひ》見えず昨日《きのふ》来ず、今日音信《おとづれ》無くば明日の徒然《つれづれ》如何にせん。」

後白河は天性の美声ではない。しかし、長年にわたる熱心な研鑽の末磨き上げられたその謡いの見事さは都中に知られている。

「申し訳もございませぬ、お上。」

滋子は頭を下げた。院を気遣う思いやりが表情に溢れている。

「文を託しました童が、得体の知れぬ物怪に襲われて傷を負いましたため、今朝の帰殿をお知らせいたすことが叶いませなんだ。主上の身に何か起こり奉りましてはと不安が募り、手配りいたすうち、夜も明けましてございます。」

「そなたがおらねば、躬《み》はつれづれのあまり物怪に魅入られてしまうやも知れぬぞ。」

「まあ、お上。御所にはあまた麗人のおられますものを。」

皇太后は優しい微笑を浮かべた。そして、悪戯っぽく今様を謡い上げた。

「女の盛りなるは十四五六歳廿三四とか、三十四五にし成りぬれば、紅葉《もみぢ》の下葉《したば》に異ならず。」

「おお、上達いたしたな。良い節回しじゃ。」

院はすっかり機嫌を直した。

「そなたは、三十だろうと四十であろうと、少しも変わらぬ。いや、七十になっても躬の傍に居ってくれ。」

陰謀好きな中年の帝王と、おっとりと無邪気な中流貴族の中の姫は、どういうわけかひどく気が合うのである。

「戻りが遅れたについて何やら不祥事があったやに聞いたが？」

「主上のことが気掛りにございます。」

滋子は眉を曇らせた。

「五条の御所の周囲を物怪が徘徊いたしますとは恐ろしきこと、帝の御身に危害の及ぶようなことのありませぬよう、心を配らねばと存じまして、右衛門督を召し、警護と探索を依頼いたしました。」

「ならば心配はあるまい。そなたの兄は水も漏らさぬ手配りをいたすであろう。あれは、都一の能吏じゃ。」

あの皮肉癖だけは何とかならぬものか、と院は思ったが、口には出さなかった。

「手の者が足りなければ、北面の武士どもを遣わそう。帝の身に危険など及ぶものか。」

后は嬉しそうに微笑んだ。この、ふくよかな美貌を持つ無欲な女人《にょにん》は、ただただ夫と息子が健やかでさえおれば幸せなようであった。

この日、たまたま別当の自邸にある庁屋《ちょうおく》に詰めていた検非違使少尉《しょうじょう》山本俊清《やまもとのとしきよ》のもとへ顔見知りの舎人《とねり》がやって来て、別当が他出の供をせよと命じていることを告げたのは辰《たつ》の刻（午前八時）を少し回った頃であった。

「牛車《ぎっしゃ》にてお出ましになられるか？　それともお忍びの御他出か？」

聞いたのは、この別当が身分もわきまえず、気軽な狩衣《かりぎぬ》姿で単身歩き回る癖があるのを知るからである。

「本日は、車の用意をお命じでございました。」

舎人は心から嬉しそうに答えた。ほっとしているのが良くわかる。俊清もひとまず安堵の息をつき、馬を引き出した。

俊清は二十歳である。曽祖父の代より検非違使庁の役人を務める。盗人を捕えるための役所に勤める家柄とて、幼年より馬や打物《*1うちもの》の修練を積み、腕には覚えがあった。しかし、従三位《じゅさんみ》権中納言でありながら、市中を徒歩でうろつきまわる長官を警護する方法など、父も祖父も教えてはくれなかった。

この日の時忠は、ゆったりとした直衣《のうし》を着込んでいた。内裏へ上がるわけではなさそうで、おそらく人を訪ねるものと思われた。この姿では、車を捨てて歩き出したりはすまいと思ったが、時忠の車の中には着替えを納めた唐櫃《からびつ》が置いてあるので油断はできない。

車は東洞院大路を北上し、土御門大路《つちみかどおおじ》に入って右に曲がり、すぐに止まった。掃部頭《かもんのかみ》*2安倍時晴《あべのときはれ》の邸の前である。時晴は、賀茂氏と共に陰陽寮《おんようりょう》の長《おさ》を務める安倍氏の長老の一人であった。天文、暦数を掌《つかさど》る陰陽寮は、風水や卜筮《ぼくぜい》*3をもことし、天上、地上に起こる怪異の解明にも当たる。

俊清を従えて当主に面会した時忠は、老年の陰陽博士に丁重な礼を施した。

「御健勝のご様子、何よりと存ずる。掃部頭殿に折り入ってお尋ねいたしたきことの起こりましたるゆえ、かく参上いたしました。」

「健勝と申しても、肩やら腰やら、痛うてかなわぬ。」

＊1　刀や長刀など　＊2　宮中行事の設営や清掃を司る掃部寮の長官　＊3　亀甲や筮竹で占う

老陰陽師はつっけんどんな口調で言ったが、どこか剽《ひょう》げた人柄が滲《にじ》むため、憎めない。

「お若いゆえ、右衛門督殿にはまだおわかりになるまいが、あと十年もたって御覧ぜよ。肩が痛うて骨が軋《きし》むような時には、周りの者どもすべてに土器《かわらけ》など投げつけたくなるわ。」

「我等を土器で追い払う前に、どうかお願いの筋のみ、お聞きくだされ。」

用心深く相手から距離を取りつつ、時忠は唇の片端を吊り上げた。

「確か、若年の頃投げつけられたのは笏《*しゃく》でありました。」

「一体、何を尋ねたいと申されるのじゃ。」

「黒く、丸い猿のような頭と、金色の目、鋭い牙と爪を持ち、背後に蛇を従えた獣がおりましょうや？」

「鵺《ぬえ》じゃな。」

老博士はこともなげに言った。

「鵺は、猿の頭、狸の身体、虎の足、蛇の尾を持つと古書にある。」

「この国に棲息する生き物でございますか？」

「するはずがなかろう。」

ばかばかしい、といった調子である。

「この国はおろか、唐《から》、天竺《てんじく》にも存在するまい。おるとすれば天上界か。竜や鳳凰《ほうおう》と同じく、数百年に一度も出現するまいよ。」

「昨夜、童が一人、正体不明のけだものに襲われて負傷いたし、今申したような物を見たと申し述べております。物怪が虚空から襲ってきたと。」

「ふん。」

時晴は鼻で笑った。

「人は自分で見たいと思ったものを見るものじゃ。それに、古い書に載っておるからと申して、出来事をそれで説明して事足れりとするのは如何なものかな。愚か者は書物に満足する。自らの頭で考えることをせぬからじゃ。右衛門督殿は如何かな。」

俊清は目を見張ってやり取りを見ていた。別当は今までにも老博士に教えを乞うたことがあるらしい。この師にしてこの弟子ありである。

「まことに仰せの通り。」

＊ 正装の際、右手に持つ板片

時忠は苦笑して頷いた。

「お教えをいただき、ありがたく存じました。では。」

立ち上がろうとする客を見やって、老陰陽師はもう一言付け加えた。

「鵺に関して言うならば、確か[*1]兵庫頭《ひょうごのかみ》源頼政《よりまさ》が、近衛の帝の御時に射落としたという噂がある。鵺などである筈はないが、兵庫頭に尋ねてみるのも良いかも知れぬ。」

時晴の邸を辞した時忠は、車の前にしばし立ち止まって何やら思案しているようであった。

「山本判官、先刻の話聞いたであろう。」

「はい。」

「役所へ参り、[*2]看督長《かどのおさ》に命じて十分な数の下部、放免《ほうめん》を集めさせよ。今宵、五条の内裏の周辺を警護いたさせる。されど、配置は構えて他に気づかれてはならぬ。その方は、その後源頼政殿に面談を求め、お話承《うけたまわ》って参れ。」

「鵺の件につき、伺うのでございますか?」

「その通りじゃ。頼政殿が鵺を射た時の仔細をお聞きせよ。」

「別当様はどちらへ？」

「小松殿《こまつどの》へ参り、後ほど御所へ上がる。日没前に役所の者どもを率いて御所へ参り、手配りが済んだ後、わしに知らせよ。」

「かしこまりました。」

俊清は立ち去り、車に乗り込んだ時忠は、牛飼いの童に車を小松谷へ廻すよう命じた。

平氏の一族が多く住む六波羅と、上皇後白河の法住寺殿のちょうど中間に位置する小松谷には、前太政大臣平清盛の嫡男、権大納言重盛《しげもり》が居住する小松殿がある。時忠にとって義理の甥にあたる重盛はこの年三十一歳。温厚な人柄と、明敏な頭脳を持つ清盛の後継者であった。

訪問は突然であったが、重盛はすぐに衣服を正して義理の叔父を客殿に迎えた。

＊1　武器や儀仗の管理を司る兵庫寮の長
＊2　検非違使庁の下級役人で罪人の逮捕と牢獄の管理に従事

「右衛門督殿には、どのような御用の趣でございますか?」

官位は甥の方が上なのだが、この人物は決して高ぶったものの言い方をしない。

「大納言殿にものをお頼みいたすのはいささか心苦しいが、お調べいただけそうなのは、こちらをおいてなさそうなのでな。」

「はて、何をお調べいたせばよろしいのでございましょう?」

重盛は首を傾げた。

「この数年間に*1大《おお》輪《わ》田泊《だのとまり》に入港した宋船の積荷について。」

平氏は以前より異国との交易に力を入れてきた。総帥清盛が別荘を建ててほとんどの時間を過ごしている福原は、大輪田泊に隣接している。ここは清盛が整備した港で、筑前《ちくぜん》国に置かれた*2大宰府《だざいふ》を経由した商船をはじめ、大小の船が行き交うこの国で一番の大港だった。異国の船は、昔は九州にしか着かなかったものだが、最近では都と目と鼻の距離にある大輪田に停泊して商品を降ろした。荷揚げした品の記録は残してあるはずで、重盛ならば、福原の目代《もくだい》と連絡をとり、宋より到来した品々を調べることも可能であろう。

「宋船の積荷と申されましても、膨大な数でございますな。」

「異国より、変わった生き物のもたらされたることのあるや否やを調べたい。」

「生き物？」

相手は唇の端を片方だけ吊り上げた。

「例えば、鵺とか。」


山本俊清は、一条大路をまっすぐ大内裏の安嘉門《あんかもん》まで行き、馬を降りて門を入った。すぐ右手に兵庫寮の建物がある。正四位下、兵庫頭源頼政はここの長官であった。

老齢の兵庫頭がこの日出仕しているものかどうか、確信はなかったが、とりあえず寮の門衛に案内を乞うた。検非違使別当より直々の使いであるとの申し条が功を奏したためか、しばらく待った後、俊清は兵庫頭に会うことが出来た。

「山本判官、と申されたか。わしに何の御用じゃ。」

源頼政は、六十五になるはずである。趣味人として知られ、ことに歌の上手であるとの名が高い。しかし、目前に見るのはいくらか頑固なところのありそうな老武人で、雅《みやび》な歌

＊1　神戸港の前身　＊2　福岡県太宰府市

人のようには見えなかった。

「お勤め中をお邪魔いたし、まことに申し訳もございませねど、昨夜起こりましたる不祥事の探索中、兵庫頭様にご教示賜りたき事柄の判明いたしましたるゆえ、非礼も顧みずお訪ね申しました。」

俊清は低く頭を下げた。この老人は、武勇の誉れもまた高い。

「昨夜、五条の内裏にて童が得体の知れぬ物に襲われて傷を負いました。調べるうち、これは鵺の仕業ではないかとの疑いが浮上いたし、本朝でただ一人、鵺を退治《たいじ》たとの令名《れいめい》高い兵庫頭様に、鵺とは何かを伺って参れとの別当の御指示にて罷《まか》り越しました。」

「鵺に襲われ、負傷いたした者がおると？」

頼政は目をしばたたいた。

「どのような傷を負うたのじゃ？」

「首と肩に噛み傷を、背と腕、脚、腰などに裂き傷を負ったと聞き及びます。」

「では、鵺ではあるまい。」

老いた武人は破顔した。

「右衛門督殿に申し上げよ。某《それがし》は確かに久安《きゅうあん》の頃（一一四五〜四九）、命ぜられて鵺を射落とした。されど、そなたの別当殿は、鵺とは何じゃと思《おぼ》し召すのか？　某が落としたのは鳥であった。このくらいの……」

両手で大きさを示す。

「斑《ぶち》のある、茶と黄の混じた羽色の鳥じゃ。嫌な声で鳴き、毎夜内裏に飛来したので、御幼年の帝が怯えられた。そこで某が召され、深夜内裏の屋根に止まる鵺を射落とした。あの当時はまだ目も、手も定かであったものじゃが……」

往時を懐かしむように首を振った。もっとも、この老人はいまだに五人張《ごにんばり》の弓を引き、飛ぶ鳩を矢継ぎ早に三羽まで落としたとの噂である。

「話に尾鰭《おひれ》がつき、世にも恐ろしい怪物を射たかのように伝えられておるが、それは偽りじゃ。平中納言《へいちゅうなごん》殿にお伝えせよ。鵺は、人を襲うような物にはあらずと」

日暮れ時になる前に、申し付けられた手配りをすべて終えた俊清は、内裏の門番に検非違使別当への報告を託し、それは門番から雑色《ぞうしき》、伝奏《でんそう》、蔵人《くろうど》を経て時忠へと伝えられた。

部下に、中門で自分を待つようにと伝え返してから、時忠は対談中の人物へ向き直った。

「今宵《こよい》は、また昨夜のように怪しの物が出没いたすか否かは知れませねど、別当の三位殿のご意見通り、御所の警護を厳しくいたしました。主上には、しばらくの間、夜庭へお出ましになることのあられぬよう、三位殿がお心を配られませ。御所内に滝口*の武士を詰めさせましたる上に、小松の大納言殿の密かに遣わされた武者が三十ほど要所を固めておりますゆえ、御所の中においでの方々には危険などございますまい。」

向き合っているのは、帝の乳母、別当の三位邦子であった。きりりとした面差しが、今日は不安で蒼ざめている。

「右衛門督様は、小松大納言様に異国より鵺の到来のなきかをお調べいただいたとのこと、まことに、鵺などと申す化け物がこの国に参ったとの記録がございましたのか？」

「そのような記録は一切ございませぬ。」

時忠は平然と答えた。

「ご安心なされよ。これは念のための防備に過ぎませぬ。何も現れぬとは思いますれど、ここ当分は警護させせましょう。」

「今宵より、私が主上のお傍にて宿直《とのい》いたします。大理卿様がよろしいと申されるまでは警戒を解きませぬ。」

「三位殿がお傍においでならば、主上も御心を安んじられましょうな。まあ、何も起ることはありますまい。中門に役所の者を待たせております。では、これにて。」

のんびりとした口調で、右衛門督は帝の乳母に礼を施し、立ち上がった。しかし、中門へ向かうこの男の顔が鋭く引き締まり、目が輝き始めたのを邦子は知らなかった。


「ご命令通り手配いたしましたが……」

山本俊清は、困ったように、出て来た別当を見やった。どこで着替えたものか、まるで武門のものが着るような直垂《ひたたれ》を身に着けている。

「まさか、今宵大路を歩かれるおつもりでは？　どうか、別当様は御所内にお留まり下さいませ。我等、逐一ご報告申し上げますゆえ。」

「守里《もりさと》は参っておるか？」
＊　宮中の警護にあたった武士

俊清の意見など完全に無視して、別当は言った。

「すぐに呼び寄せまする。」

「あの者、なかなか探索に向いておる。それゆえ、申しつけたき儀がある。」

俊清の下に付く放免の守里がすぐにやって来て片膝をついた。この者は、先日都大路《みやこおおじ》で人の足を拾った。それに関連した事件以来、別当はこの放免を便利に召し使うようになっている。

「東洞院をまっすぐに三条の角まで行き、高倉小路《こうじ》を見張れ。何かが出て来たなら、そっと後をつけよ。手の者たちを、東洞院大路の三条から四条の間に潜ませよ。小路や物陰に隠れ、わしが良しと申すまで出てはならぬ。衣の下に腹巻《はらまき》と籠手《こて》を着けておく方が良い。

我等は四条の角にて待つ。」

「我等でございますと！」

俊清は慌てた。どうやら別当は、御所へ向けてやって来る何者かと自身で対決するつもりらしい。

「別当様！　物怪を捕えるのに御自ら出向かれるのだけは、何卒《なにとぞ》お控え下さいませ。御身に万一のことがございますれば、某、基茂《もとしげ》殿に首を打たれてしまいまする。」

時忠の家司《けいし》平基茂より、別当を危険な場所から遠ざけておくようにと厳しく言われている。

「だが、わしがおらねば、そなたたちは出会うた相手が物怪なのか、そうではないのか、見極めることも出来まい。」

「その物怪は、変化《へんげ》いたしますので？」

別当は、目を天に向けて溜息をついた。

「まあ良い。危機が迫ればわしはさっさと逃げ失せ、物怪の相手はそなたたちに任せよう。判官、その方も具足を用意せよ。」


深更の大路は人通りが絶え、闇に沈む。大きな邸の塀越しに時折篝《かがり》火《び》が見えるほどで、大路の中央を照らすのは星と月の明かりのみである。

検非違使庁の放免たちは、見事に闇の中に身を潜めているようであった。もともと、放免という名が示すごとく、都の警備を預かるこの役所の下役は、以前何らかの犯罪に手を染めて罪に問われた後に赦《ゆる》された者が多く、闇に身を隠すことには慣れているのである。

俊清は、四条大路の角に立てかけられた古い材木と楯板の陰に座して、既に一刻半を待っていた。何を待つのかそれさえもわからず、苛立って動くと、隣りに座した別当が低い声で叱りつける。別当の方は完全に気配を消しており、暗い中ではそこに居るものやら、居らぬものやら、息遣いも聞こえない。強く命じられたので、俊清は腹巻をまとい、籠手を着けていた。長く待つにはかなり重い。ところが別当は、他人にはあれほど武装を言いつけたにもかかわらず、先刻の直垂姿のままで、立烏帽子《たてえぼし》を被り、太刀さえ持っていなかった。

この人ほど、自分の身を守ることに無関心なお方はおるまい、と俊清はほとほと呆れた。

亥《い》の下刻（午後十一時）頃、通りの彼方から音が響いてきた。牛車が牽かれて来るような音である。しかし何も見えない。灯火《ともしび》もない。輪ががらがらと回る音、*轂《こしき》が軋む音、牛の足音はするが、見えない。幻の車であろうか？　身の毛がよだつ思いだった。

音がすぐ近くまで迫った時、やっと車の輪郭がわかった。黒い牛に牽かれた、すっぽり黒い布で覆われた牛車を、黒い衣の男が引いている。闇の中では、少し離れれば完全に見えなくなる。

楯板の陰から別当が滑り出て車の止面に立ちふさがった。

「こともあろうに、二夜に亙《わた》り、御所を騒がさんといたすか。」

時忠の声は厳しく、威があった。黒衣の男はびくりとした。牛車が止まる。

「鵺を放つでない。見るがいい。この車は既に囲まれておる。もし、車を開けばそちも鵺も一瞬に射殺す。」

松明が灯《とも》され、辻々から人影が現れた。牛車は包囲されている。衛門府《えもんふ》の衛士《えじ》が二十人ほど弓を引き絞り、油断なく牛車に狙いを付けていた。

男は震え出した。松明に照らし出されたのは、痩せて小柄な、ごく気の弱そうな若い男で、雑色風の黒い水干を着け、手に紐と棒を持っている。

衛士が近寄っても、男は抵抗する気配もなく立ち尽くすのみだったが、衛士の一人が弓の先で車を覆った黒布を跳ね上げようとするのを見て、顔色を変え押し留めようとした。

「お待ちください！　まだ布を取ってはなりませぬ！　私が扉を閉じてから……」

＊　車輪の軸受け

わずかに遅かった。衛士は黒布を払い落としてしまっていた。

牛車に備えてあったのは、通常の屋形ではなかった。頑丈な木の檻が屋形と同じ大きさに造り付けてあり、片側は遣戸《やりど》になっていて、既に大きく開け放ってあった。はじめ、中には何もいないように見えた。しかし、目を凝らすと、丸い、蛍のように光る二つの目が爛々とこちらを見ているのがわかった。目しか見えない。中の物はそれほど黒い。

「迦羅奢《からじゃ》!」

黒衣の男は、悲鳴のような声を上げて前に出ようとした。

「出るな! 戻れ!」

だが、男が檻に近づく前に、闇の塊のような物が地上に跳び下りた。大人の男ほどの大きさがある、しなやかな獣であった。重量感のある丸い頭は寸が詰まっていて、犬のような長い鼻面を持たなかったが、半ば開いた口から、白く太い、恐ろしい牙が覗いていた。小さな耳と、顔の正面についた目が、どこか猿のように見えなくもない。鼬《いたち》か川獺《かわうそ》のような長い胴に、太い、短めの脚がついており、貂《てん》に似た艶やかな、しかし柔らかそうな短毛に被われていた。何よりも異様なのは、長い、太い尾であった。それ自体が意志を持っているかのようにくねくねと動く尾は、不思議なほど蛇に似ていて、これでは襲われた者が蛇と思うのも無理はなかった。

牛が不安そうに軛《くびき》から逃れようとした。

「物怪！」

俊清はとっさに別当の前に割り込んだ。黒い物は驚いて身を引いたが、太い前脚で俊清の胴を払った。草摺《くさずり》＊1の縅皮《おどしがわ》＊2に爪がかかり、俊清の身体は引かれて前にのめる。爪一本でひと一人を引きずることが出来るほどの力があるのだ。衛士たちが慌てて矢先を物怪に向けた。

「どうか、射ないで下され！」

男が悲鳴を上げた。

獣は、青く光る目で弓矢を持った人間たちを一瞥し、牛車の屋根へ跳び乗った。まるで舞い上がったように見えた。身構えも、助走もなく、ふわりと屋根まで跳んだのだ。次の瞬間、車の屋根から隣接する塀の上へ跳び移る影が見え、獣の姿は消えた。何本かの矢が

＊1　鎧の胴から垂れて膝あたりまでおおう札板　＊2　札板をつづった革のひも

後を追って飛んだが、かすめることさえできなかった。

「御所へ入れるな！」

俊清は色を失って叫んだ。衛士たちが一斉に駆け出そうとした。

「待て！　騒ぐな。」

時忠が低い声で制した。

「大きな声を立ててはならぬ。動くこともならぬ。」

全員をその場に凍り付かせると、別当は黒衣の男を見た。

「呼び返すことが出来るか？」

「あれに危害を加えぬとお約束いただけますか？」

「話が逆であろう。あれが誰にも危害を加えぬのであれば、こちらもあれを射ることはせぬ。されど、そなたとあの獣を野放しにいたすことは出来ぬゆえ、わしと同行してもらおうか。話を聞きたい。」

男は躊躇《ためら》っていた。検非違使別当は厳しい声で言った。

「あの獣が御所へ立ち入ったとなれば、昨夜とは異なり、確実に命はあるまいぞ。今宵、御所の内外にはあまた警護の武士がおる。異形の物が現れれば、こことは違い、矢を放つことを留める者はあちらにはおらぬ。」

男は覚悟を決めたようであった。

「松明を消して下さいませ。」

「逃げ失せぬと約定いたすか？」

「いたしまする。」

松明が消された。男は大路の中央に立ち、細い声で、静かに、優しく呼ばわった。不思議な節回しで響くその声は、まさにあやかしか、異形の鳥のようであった。

「ラージャ。カーラ・ラージャ。戻れ。恐ろしい物はおらぬ。ラージャ、誰もお前を傷つけたりせぬぞ。早く参れ。」

何かが俊清の傍をすり抜けた。牛車が軋み、牛が恐怖の鳴声を上げた。

松明が再び灯された時、黒い大きな物は檻の中に戻っていた。

再び黒い布で覆った車を男に牽かせ、俊清と、弓に矢を番《つが》えた衛士たちを連れた時忠は六条東洞院の自邸に戻った。その際、万寿寺《まんじゅじ》の裏を通って五条の御所の門前を注意深く避けた。警護の武者たちが黒い牛車を見咎め、中を見たりすれば、ますますおおごとになるであろう。

獣を呼び返した男は、急いで遣戸を閉め、手にした棒を戸の下に支《か》って開かぬようにし、さらに紐で括り付けた。獣は一応閉じ込められたかたちであったが、頑丈な肩と、鋭い爪を備えた太い脚を見れば、これで安全だなどと思う者は誰一人いなかった。

「この者ども、堀川の役所へ連行いたしませぬので？」

俊清は、不審に思って尋ねた。別当は皮肉な笑みを浮かべた。

「役所へ参って尋問いたしたとして、ことの次第が明らかになったとしたら、どうなる？」

「は？」

「この者どものみで、御所へ押し入ろうなどと企てるものか。誰ぞの命を受けておるに違いなかろうが。この者どもを罰するとすれば、それを命じた主謀の者も、共に罪せねばならぬであろう。」

「はい。当然にございます。主謀者をこそ捕えねばなりますまい。」

「馬鹿者！」

困った奴だとの思いを満面に漲《みなぎ》らせて、別当は俊清を見やった。

「これじゃから、わしが自ら出向かねばいかぬと申すのだ。守里！」

「控えております。」

「この車がどの邸から出て来たか、見ておったか？」

放免守里は、礼をしてから時忠に近づき、別当と隣りの俊清にしか聞こえぬほどの小声で答えた。

「三条高倉の、高倉宮《たかくらのみや》様のお邸から出て参りました。」

俊清は絶句した。

高倉宮以仁王《もちひとおう》。上皇後白河の第三皇子である。三年前に元服し、この年十八歳。加賀守権大納言藤原季成《すえなり》の娘成子《しげこ》の所生《しょせい》で、学識の深さと流麗な筆跡で知られている。幼少の頃叡山（延暦寺《えんりゃくじ》）へ入って、天台座主最雲法親王《さいうんほっしんのう》の弟子となったので、同母兄の守覚《しゅかく》法親王のように出家し、僧籍に入るものと思われていた。

だが、この宮は出家することはせず、山を降りて元服した。後白河は、この宮の処遇をいまだ決めかねているように見える。高倉の三位と呼ばれた成子の子供たちを、上皇は神仏をなだめるために使ってきた。上の守覚は僧籍に入れ、第三皇女式子《のりこ》内親王は賀茂社の斎院《いつきのみや》とした。

後白河上皇には十一人の皇子があったが、そのうち八人を出家させて法親王や僧正、大僧都などとしている。長子の故二条上皇守仁《もりひと》とは犬猿の仲であったから、その子六条天皇に対してもさして愛情を持っておらず、つい先だって五歳で譲位させ、最愛の女御平滋子の生んだ八歳の憲仁親王を践祚《せんそ》させて帝とした。皇子のうち、天皇にもならず、僧籍にも入らなかった最後の一人が以仁王である。この宮は、まだ親王宣下さえされていない。

成年に達し、健康で能力もある今上の兄をいかに処遇するか、院は頭を痛めている。

「宮様を捕えるわけには参りませせぬ。」

「それゆえ、この者どもを役所へなど連れて参るわけには行くまいが。役所で取り調べれば、調書が残るぞ。」

自分たちにはわからぬ雲の上の事情がありそうだと俊清は思った。守里が感心して唸る。別当に任せておけば良いと納得した様子である。黒い牛車を囲んだ一行は、六条の時忠邸に着いた。

中門脇の庁屋の車寄せに止めた牛車から牛をはずし、厳重な警戒を命じてから時忠は邸内に入った。庭へ黒装束の男を呼び出す。俊清と数人の舎人が傍らに控え、男の傍には、腰刀《こしがたな》を構えた守里が目を光らせている。

「鵺使い、仔細を申せ。」

おどおど膝の上で手をもんでいる男に、検非違使別当は説明を促した。

「名は？」

「*筑後《ちくご》の商人《あきんど》、芦屋《あしや》の太郎と申します。」

「あの鵺は、一体何じゃ？」

「あれは、豹《ひょう》と申す物でございます。名をカーラ・ラージャと申します。黒の王、との意だとのこと、私は迦羅奢と呼びまする。」

「宋渡りの豹の皮というものを一度だけ見たことがあるが、黄色に丸い斑紋がついておっ

* 福岡県南部

た。あのように黒くはなかったぞ。」

「あれの母は黄色い毛をしておりました。商いのため、親と宋国に渡っておりました時、天竺の商人より三頭の豹を買い求めたのでございます。宋国内にて転売いたすつもりでいたのでございますが、そのうちの一頭が三頭の仔を産み、父は儲けが倍になると喜んで、犬ほどの大きさになるまで育てて売りました。ところが、一つだけ黒い物が生まれ、宋人は不吉であると買ってくれぬので、やむなく私が牛の乳を飲ませて育て上げました。今では我が子も同然でございます。」

「とんでもない子もあったものじゃ。」

眉を寄せて首を振る。

「いつ、都へ入った。」

「五日ほど前にございます。」

「この一月、大輪田泊に着いた宋国よりの船は二艘、その積荷はすべて検分いたしておる。」

「海路にて入ったのではございません。[*1]奥州《おうしゅう》より参りました。」

時忠は興味を惹かれたようであった。

「奥州とな？　何ゆえ天竺の獣が奥州から参るのじゃ。」

「一年ほど前に、私の父が死に、宋船に乗って帰国いたしましたが、その際、知り人に連れられて熊野を回り、伊豆、安房《あわ》を過ぎ、陸奥国は多賀城《たがのじょう》の先、牡鹿柵《おじかのさく》と申す所から北上川を遡《さかのぼ》って平泉まで参りました。」

「奥州に参ったは、秀衡《ひでひら》の招きによるものか？」

この頃、奥州は全域が藤原氏の支配下にある。姓は同じであるが、都で政《まつりごと》の中心にいる藤原氏とは違う。百年余りの間に、奥州の主権は安倍氏から清原《きよはら》氏へ、さらに藤原氏へとめまぐるしく変わった。目下の奥州藤原氏の当主は藤原秀衡、その富と武力とで端倪《たんげい》すべからざる存在である。そもそも奥州は、都人《みやこびと》にとって、宋国や天竺とさして変わりのない異国である。風俗も、言葉も、人も違う。

＊2「柳之御所《やなぎのごしょ》のお館《やかた》様があの異国の獣を珍しく御覧になったのは確かでございます。」

芦屋の太郎は頷いた。

「ただ、知り人は、奥州での迦羅奢の使い道を考えておりました。その御仁は、奥州に多

＊1　陸奥国。福島、宮城、岩手、青森および秋田の一部　＊2　奥州藤原氏の政庁

くの牧を持っておりまして、売り物の馬を襲う狼を退治たかったのでございます。私は、迦羅奢と共に幾夜も寝ずの番をいたし、数十頭の狼を殺しました。あれに敵《かな》う狼などおりませぬ。」

太郎は誇らしげに言った。まことに我が子の自慢をする親のごとくである。

「しかし、五ヶ月ほど経ちますと、冬が参りました。天竺の獣には、奥州の冬はとても耐えられるものではありませぬ。そこで、私は迦羅奢を連れてお館様の貢馬《こうば》*の御一行と共に都へ出ることにいたしました。」

奥州は良馬の産地であり、都の朝廷に貢ぎ物として馬がよく贈られる。昨年の十月に催された競騎《くらべうま》では、秀衡より贈られた鴾毛《つきげ》と栗毛駁《くりげぶち》の二頭が勝馬に入った。

「馬と共に参りましたゆえ、檻も、病馬のものと言いつくろうことが出来ました。つてがあれば船で筑後へ戻り、さらに宋へ渡って、あれを天竺へ帰してやろうと思いました。この国ではたった一頭で、仲間もおりませぬ。あまりに哀れでございます。」

人を簡単に喰い殺せる化け物に対して、まるで恋人か愛児のような物言いであった。一同は呆れ顔でこの男を眺めていた。

「では、何ゆえに御所へ放ったりいたしたのじゃ。」

「都に入りました後、さる御方があの獣を十日ほど借り上げたいと望まれておると知り人が話してくれました。十日が過ぎれば、宋国へ渡るに十分な物を与えて下さると。あるお邸にあれを放ち、人を脅してから呼び戻して帰れと言われました。ただの戯れに過ぎぬので心配はないと。まさか、あれが御所へ入ったなどとは思わなかったのでございます。」

「そなたの獣は、御所を出た使いの童を襲った。」

別当は厳しく言った。

「今までにも人を喰らったことがあるのか。」

「滅相もございませぬ。」

太郎は蒼くなって首を振った。

「あれが獲りますのは、鹿、兎、猿、猪などでございます。人を狙わぬよう、厳しく躾《しつ》けてございます。餌には鶏を与えておりました。人を傷つけたのは初めてのことにて、おそらくその童の大きさから、鹿や猿などと見まごうたのでありましょう。豹は、獲物を獲る

＊　朝廷に献納する馬

とき、弱く小さいものから狙うものにございます。人とわかったので慌てて放したに違いありませぬ。」

「小さく、弱い者を狙うか。」

時忠は、鼻下に蓄えた形の良い口髭を撫でながら考え込んだ。

「最後に尋ねる。その方を雇うたは、車が出て参ったあの邸の御主《あるじ》か？」

「然様にございます。御名は存知ませぬが、まだお若い公達《きんだち》にございます。」

「戯れと言われたか？」

「知り人を脅せれば良いのだと仰せられました。私は、迦羅奢がおとなしくて優しいのを知っておりましたゆえ、人に深手を負わすようなことになりますとは思いもよらず……」

「おとなしくて優しいだと？」

俊清は憮然として、胴の下部から草摺までざっくりと引き裂かれた腹巻を見た。絨皮が切り裂かれ、札板《さねいた》が千切り取られている。どんな爪を持っているものか、ほんの軽く払っただけで、何度も太刀で斬りつけたのと同じような損傷を与えた。腹巻を着けていなかったら、臓腑を掻き出されていたことであろう。

時忠も、この意見には大いに異議があるらしく、眉と唇の端を吊り上げたが、何も言わなかった。

「十日が過ぎさえすれば、あれを天竺に帰してやれるものと喜んでおりました。軽率でございました。罪になるのでございましょうか？」

「とりあえず、その方と獣の身柄はここにおいて見張らせる。罰するかどうかは後に決める。」

「では、どうか、あれと同じ檻の中で寝ることをお許し下さい。私がおりませぬと、あれはひどく怯えるのでございます。」

今度こそ、一同は開けた口を閉じることができなかった。

翌朝、皇太后滋子は、法住寺殿に兄の右衛門督の訪問を受けた。*几帳《きちょう》を出て、皇太后は深く頭を下げる庶兄と向き合った。

「先日の物怪のこと、何かわかりましたのか？」

＊　室内の仕切り

「お人払いを。」

都の治安保持の最高責任者は、いくらか沈鬱な表情で言った。あまり報告したい事柄ではないが、依頼を受けた当人には説明せざるを得まい、というようであった。

「大宮は、猫をご存知でおわしますか？」

声の届く範囲に人がいないのを確認してから、右衛門督は尋ねた。

「猫？　はい、宮中には何匹か飼われておりますね。」

宋国に近い九州ではかなり多いらしいこの小動物は、都にも少しづつ増えてきている。

「あの猫を人ほどの大きさにしたと思し召せ。それが先日の鵺でございました。豹、と申すそうにございます。」

「豹とは、異国の生き物にございますね。」

「然様にございます。筑後の商人が育てた物で、奥州の狼を狩るため、平泉へ下ったそうにございますが、冬の寒さ厳しく、生まれた国へ戻そうとて都まで参った由。」

「まあ！」

滋子は目を見張り、次いで安堵の息をついた。

「わかりました。その獣が逃げ出して、たまたま御所のそばに参ったところへ、竹王が通りかかったのですね？　帝に仇をなす物怪などでなくてよろしゅうございました。右衛門督殿にお願いいたしまして本当に良かった。お礼申し上げます。」

「それのみであらば、まことに祝着《しゅうちゃく》なことでございましたが……」

口調に、めんどうな話題に入りたくないという思いがありありと見えた。だが、しかたなさそうに時忠は先を続けた。

「御所に向けて豹を放ったのは、高倉宮であらせられました。このこと、大宮から院にお伝えあそばされますか？　それとも、私が奏上いたすのがよろしいか？」

「あの宮が、一体何ゆえ豹を放たれるのでございますか？」

怪訝な表情をした次の瞬間、皇太后の顔から血の気がすべて引き、懐紙のように白くなった。

「帝を害そうとなさったのですか！」

「豹は、弱く、小さいものを獲物とする習性ありとのこと、鹿や猪を狩るにも、病んで弱ったもの、老いて歩けぬもの、また幼い仔などを獲って餌とするのでございます。狼なども同様ですな。竹王が襲われたのは、まだ幼く小柄であったゆえでありましょう。」

「御所で一番稚《いとけな》く、弱いのは帝でおられます。」

滋子は震え出した。皇太后が倒れるのではないかと相手が危ぶむほどに。

「高倉宮は、至高の位がお望みなのでございますね？　そのため、帝が邪魔だとお思いなのですね？　ご自分の弟宮が獣に害されても良いとお思いなのでございましょうか？」

「大宮。」

重々しい口調で右衛門督は言った。

「残念ながら、世間では全く当然のことでございます。至高の位のためでなくとも、ごくわずかな金品や地位のために、人は他人を殺《あや》めるものです。大宮が今までそのようなことに気づかれなかったのは、お心が清く、曇りなきがゆえにございますが、皆が皆、大宮のごとく心優しくはございませぬ。高い樹は強い風を受けまする。一人の皇子が帝位に就かれれば、他の皇子方から呪われるのが当たり前と心得られませ。」

「帝は、ご自分から望んで御位にお就きになったのではありませぬに。」

「この場合、御自らの御意志やお人柄とは全く関わりのなきことにございます。」

「右衛門督殿……」

　皇太后は涙を流していた。

「兄君様、どうすればよろしいのでしょうか？　私は、今、なんと、高倉宮を憎んでおります！　あのようなお方こそ死ねば良いと思ってしまいました。許されぬことでございます。されど、帝と院が亡くなるほど恐ろしいことは私には考えられず、お二人の生命が害されるのを防ぐためであれば、この世など滅びよと思っております。御仏の罰が下るに違いありませぬ。」

「かくのごとき仕儀を見てお怒りを発せられるは、これまた当たり前のことにございます。」

　ただ涙を流し続ける皇太后に、庶兄は言い聞かせた。滋子は純粋で優しい心を持っているが、好むと好まざるとを問わず、政の核に寄り添ってしまった以上、策謀と無縁では過ごせない。降りかかる火の粉を払えるかどうかに、一人滋子のみではなく一門すべての命運が懸かっている。しかし、この全く政治性のない女人に、人を疑い憎むようにせよと説くのは、時忠ほど皮肉な知性の持主にも気の進むことではない。

「今申したごとく、人は醜く酷《むご》い面も持ちまする。大宮も、敵と味方とをはっきりと判別なさらねばならぬ時期に来ておられるかと存じます。高倉宮様について、如何されますか？院に奏上し、再度叡山へ入って法親王としてお暮らしいただくか、あるいは臣籍に下し、何処《いずこ》かへ配流追放し奉る方法もありますが。」

滋子はしばらく無言であった。やがて面を上げたが、十歳も年をとったように見えた。

「院には何もお知らせなさらぬよう、お願いいたします。」

小さな声だった。

「恐ろしいことに思い至りました。たとえ、人が害そうとしなくとも、院も、帝も、私より早く世を去られるかも知れませぬ。幸せな時とは、長く続かぬものゆえ、ますます美しく輝くのでございましょう。ならば、他の人々の不幸によって身の幸せを願ってはいけないような気がいたします。私に出来るのは、大切な方々のお命長かれと祈り、できるものならば私が誰よりも先にみまかって来世で皆様を待つことでありましょう。」

この人の考え方はいつもこうだ、と時忠は溜息をついた。

「畏れ多いことながら、それは逃避と申すものでございます。悲しむべきことに、この世はすべての者が家族のごとく互いに慈《いつく》しみ合うようには出来ておりませぬ。当方を憎む相手の幸せは、我が身と、近しい者たちの不幸を招くこともありますぞ。」

ばかばかしいことである。この人には、隙さえあれば互いに喰らい合う世の仕組みは決してわからぬであろう。このように説得したところで、人本来の性質を変えることなどはできない。しかし、立場上言わないわけにはゆかない。

「大宮のお命は御身お一人の物にはあらず。帝や院の御ためにも、二位殿や私、また入道相《しょうこく》国やその一門のためにも、まず大宮ご自身が長寿を保たれ、お味方を優しく慰撫なさると同様、御敵に対しては断固たる態度をお取りになることができねばなりますまい。如何に辛くとも、たとえ敵わぬとしても、人は運命に立ち向かわなくてはなりませぬ。女人であろうと、幼児《おさなご》であろうと同じでございます。」

「右衛門督殿はとてもお強い。」

皇太后は下を向いて悲しそうに呟いた。

「二位殿も、入道殿も、院も、私の周りにおられる方々は皆お強く、御自分の足でしっかりと立っておられます。思えば、私は自身では何の努力もいたさずにいつもその方々に支えられ、助けられて来たのでございました。兄君姉君のお力にもなれず、政をとられる院のお話し相手になることもできず……」

多分、それゆえに院はこの女人を一生の伴侶と目しているのである。後白河の寵愛を受けている多くの女人たちは、皆それぞれに院を慕っているであろうが、もし、この今様ばかり謡っている変わり者の中年男が治天の君でなく、政をとることがなければ、楽しそうに傍についているのは滋子一人であるに違いない。

「私にできますのは、皆様のために祈ることだけでございます。」

困ったことである。彼女は本当に毎日祈るに違いない。夫と、息子と、一族の者が幸せであるようにと。我が身の寿命を削り、少しづつ皆に与えて欲しい、自分は今すぐに死んでも良いと。

緊張度の高い権謀術数《けんぼうじゅっすう》の世を生きる自分や、姉の二位時子と同じ一族に、よくもここまで無防備な人間が生まれたものだと時忠は思ったが、その人が院に愛されて皇太后にまで上ったため、今の一門の繁栄があるのである。しかたがなかった。権謀にあたる部分は自分がやるほかはない。

「よくわかりました。」

再度礼をして、皇太后の兄は言った。

「このこと、院のお耳には入れませぬ。今後帝の御身に何も起こり奉らぬよう、十分な警護の目を光らせます。高倉宮には一言御注意を喚起するに留めまする。何もご心配なさいますな。」


数日の間に、鵺の騒動は鎮静化した。五条内裏の周囲に置かれた警護の武士たちは引き上げたが、要所には弓と長刀を持った兵が残され、御所の庭ばかりでなく、長く延びた塀沿いに大路をも見張るようになって、帝の乳母邦子をいくらか安心させた。物怪の心配はもはやないと右衛門督から保証されたものの、この用心深い婦人は、高僧二人、陰陽師二人を里内裏に常住させることとし、幼い天皇の身を超自然的な災いからも守護できるようにした。

時忠はこれを聞いて肩を竦《すく》めたのみであった。超自然の悪意よりも、人間の悪意の方がずっと性質《たち》が悪く、真剣に防禦を考えるべきものなのである。

事件から三日の後、山本俊清は、車で他出しようとする検非違使別当にまた同行することになった。先日と同じく、舎人が飛んで来て、殿は三条高倉へ参られる由にございまする、と告げたからだ。かの高倉宮の邸である。鵺のような化け物は、そうようよいるとは思わなかったが、全く危険がないとは言い切れぬであろう。

供を申し出ると、別当はあっさり許可した。

「腹巻を着けた方がよろしゅうございましょうか？」

「馬鹿者。」

別当は呆れ顔で俊清を見た。

「そういうのを、羹《あつもの》に懲《こ》りて膾《なます》を吹くと申すのじゃ。」

「あのお邸に、まだ他の獣がおりますことは？」

「あるものか。先夜の獣とて、長くあの邸に飼われていた物ではない。三条大路に大福長者と名高い奥州の商人の邸があるであろう。それが芦屋の太郎の申した知り人じゃ。あの鵺はその商人の邸に着き、そこから高倉宮のお邸に提供された。調べさせたが、もう大型の獣はおらぬ。」

「別当様。」

車宿へ向かう別当に追いすがって歩きながら、俊清は尋ねた。

「あの獣が三条から来るとどうしておわかりになりましたので？」

「あれが物怪などではなく、何かの企てであるとすれば、それを為して利を被る者をまず疑うべきであろう。」

別当は牛車に乗り込んだ。


三条高倉の以仁王邸は、さして広くはなかったが、それでも車宿から奥へ続く廊は長く、いくつもの建物に渡っていた。時忠は俊清を中門に残し、高倉宮に面談を請うて、主の居住する寝殿へ通された。

「平中納言は、我に何か話があるとのこと、どなたかのお言い付けで参ったのか？」

通常の直衣を纏《まと》った高倉宮は、上座から少し上目遣いに検非違使庁の長を見た。父上皇の使いではないかと不安に思う様子が窺える。

以仁王は立派な容姿の持主である。大柄な体格で、肉づきが良く、眉目秀麗で色が白い。十八歳にしてはいくらか幼く聞こえる話し方をするのは、叡山で学問に明け暮れる生活が長かったためであろう。

前《さきの》天台座主最雲法親王に愛され、常興寺《じょうこうじ》を与えられた。数年前最雲が没し、昨年慈雲《じうん》房明雲《ぼうめいうん》が第五十五代の天台座主として就任すると、最雲の知行地はすべて法資として明雲に所有が移った。

明雲は、新興の平氏一門の総帥清盛と親しく、その後援によって天台座主となった人物であったから、以来、王は平氏に対して良い感情を持っていない。目前の時忠は、清盛の一族ではないが、以仁を差し置いて即位した弟、今上憲仁の外戚筆頭である。警戒の色を見せるのは当然であろう。

「宮には、御健勝お慶び申しあげまする。」

時忠は深々と頭を下げた。

「いかにも、本日は、さる御方のご内意にて参上仕りました。」

誰の内意であるか、はっきりとは言わない。

宮はびくりとした。父院の使いだと思い込んだ様子である。

「な、何の御用であろうか?」

「鵺と申す獣の一件にございます。」

「我は、そのような物は知らぬ！」

まだ、何も尋ねてはいない。

「先日、御所内に異形の化け物が侵入いたし、童を一人傷つけ、逃亡いたしました。手の者に命じて御所を警護いたさせたところ、翌日、その獣と飼い主とを発見し、捕えて検非違使庁に留めてございまする。」

嘘ではないが、留めてあるのは私邸の中である。

「探索の結果、その獣は芦屋の太郎と申す商人の所有にて、三条に屋形を設ける奥州関わりの商人、吉次信高《きちじのぶたか》と申す者が、とあるお方へ十日の日限を切ってお貸ししたものと判明いたしました。」

以仁王は蒼くなった。

「何も知らぬ。我が責ではないぞ。」

「御所内に獣を放って帝を傷つけ奉らんと謀れば、御謀反となりましょうな。」

「我が考えたことではない！　吉次が、面白い獣を持つ者がおると申すゆえ……」

「宮。」

時忠は、左右に落ち着かず彷徨《さまよ》っている相手の視線を捕え、唇の端に皮肉な笑いを滲ませながら言った。

「宮がこの一件に関わっておられるとは、私は一言も申し上げておりませぬが。」

高倉宮は言葉を失った。やがて、怒りが青年を開き直らせたらしい。唇を震わせて自分を糾弾する者を睨み付けた。

「平中納言が参った理由はわかっておる。中納言の妹、今は皇太后となったお方の差し金であろう。あの方は我が邪魔なので葬り去ろうとされておるのじゃな。憲仁が践祚して位に就いた上は、政はあの方とその一族の思うがまま、邪魔なのは我のみなのであろう。」

実際に滋子がそう考えてくれれば話は簡単なのだが、と心の中で嘆息しつつ、時忠は言葉を継いだ。

「人は、他の人を映すに己の鏡をもってすると申しますが、宮は、ご自分が皇太后のお立場であればそうお考えになるに違いないことを御口にされましたな。されど、鏡に現れるは、すべて自身の姿でございます。一度、御自らのお立場を何の偏見もなく上から御覧下さいませ。宮は、皇太后にも、主上に対し奉りましても、何ら脅威や邪魔になるお方ではございませぬ。」

言葉は丁重だが、要するに、お前には邪魔に思われるほどの能力すらない、と言っている。

高倉宮は拳を握り締めた。

「我ほど不幸な者はおらぬ。院の皇子のうち、長子でおられた二条院崩御の後に在俗の身で一番年長であったのは我ではないか。何ゆえ親王にさえなれぬ？　母の身分低きがゆえと誹謗する者もおるが、我が母の父は、皇太后やそなたの父よりもはるかに高位であった。それを、憲仁が帝となるなど、理不尽ではないか。」

以仁王の母成子は、権大納言藤原季成の娘である。

「正当な地位は与えられず、誹謗中傷され、その上にまだ謀反を犯したとまで言われねばならぬのか！」

目に涙が滲んでいる。

「おそれながら、宮。」

時忠は鋭い目で、ねじ伏せるように相手の瞳を覗き込み、ぴしりと言葉をはさんだ。

「お話の筋が見えませぬな。宮がご不幸でおわすことは、御所に鵺を放つことの言い訳にはなりませせぬぞ。それに、宮のどこが不幸でおわしますのか。地位とは、高ければ高いほど、幸福の源にはならず、それに伴う責の大きさから、むしろ不幸のもととなるもの。至高の御位に就きさえすれば幸せとお思いであるとすれば、それこそ帝王の資質に欠けられると申すものでございます。」

この宮も、至高の位の光輝に惑わされてことの本質を見抜いていない。

先々帝二条が、幼い息子六条に位を譲った後に崩御した時、以仁は後白河院の在俗最年長の皇子だった。それゆえに、父院は以仁を、近く退位させようと考えていた孫六条帝の後継者からはずした。治天の君である後白河にとって、自身の手で政を執ろうと試みる成年の息子が帝位にある状況は、もう二条で懲り懲りであった。院が政の中心に位置する以上、天皇は幼帝が好ましいのである。以仁が帝位に就きたければ、父上皇に接近して信頼を得るか、父院に叛旗を翻して武力で位を奪い取るか、どちらかの道しかないはずである。兄の死後、何もしなくとも順番に帝位が廻ってくると考えるとは、甘いとしか言いようがない。

「宮、よくよくお心にお留めおき下さいませ。宮が御自身の不幸を嘆かれるのは御勝手でございます。また、是が非でも至高の位を目指されるならば、世を覆すほどの企てをなさろうとも、お止め申しはいたしませぬ。されども、あらゆる企ては、自身ですべての責を負う者にのみ許されるのでございます。戯れに謀を弄《もてあそ》び、成らぬ時には他の者に責を押し付けるなど、はた迷惑なだけにございます。」

「そなたがそれを言うか！　憲仁が即位したがために、ただそれだけのために権力を手に入れることの出来た者が！」

したたかな中納言の唇は、皮肉な笑みに吊り上がった。

「まことに、私自身が身を砕いて今上を位にお就け申したわけではございませぬ。我が身の幸運は、ひとえに院と、院をお助け参らせた入道相国に負うものでございます。それ故に、私が、院と相国お二方が擁立される主上に忠誠を尽くすことは当然と心得られませ。私は獅子ではなく、一介の鵺に過ぎませぬが、獅子の仔を狙う狼と戦うことは出来まする。」

高倉宮は、豹に見据えられた狼さながらであった。

「これにて失礼申し上げます。ご安心なされませ。院には、この度のこと、何もご存知ではありませぬ。されど、ことのいきさつはすべて記録いたし、証拠も残してございますれば、この後同様の事件の起こりましたる時には、宮へお疑いのかかりますこと必定にございましょう。」

再度深い礼をした。

「どうか今後は御心静かに日を送られまするよう。御兄宮守覚法親王様のごとく、御仏に仕えられる道をとられるか、あるいは臣籍に下られ、御自身のお力にて太政大臣を目指されるか、様々なる御生き方ありとは思われますれど、只一つ、ご忠告申し上げます。万一、臣籍を賜ることを望まれます際には、源姓をお選びなされませ。源氏は、保元《ほうげん》の時よりこの方、親子、兄弟互いに攻撃し合うことで知られておりますれば。」

「山本判官。」

高倉宮邸を出てすぐに、別当は牛車の物見を開いて俊清を呼んだ。俊清は馬を飛び降り、車の脇へ寄った。

「何ごとでございましょう？」

「そなた、この先にある奥州の商人吉次信高の私邸に立ち寄り、わしよりの伝言、申し伝えて参れ。」

「かしこまりました。して、ご伝言は？」

「芦屋の太郎とその獣、検非違使別当が捕えておる。御所へ侵入いたせし咎《とが》を糾明いたさば、その方の連座は明らかとなろう。されど、その方が太郎を引き取り、獣もろとも国外へ追放いたす労をとるならば罪は問わぬ。早々に手配りいたすべし。別当直々の命であると申せ。」

「あの鵺を異国へ送られますので？　それでよろしいのでございましょうか？」

「異議があるか？」

別当は意地の悪そうな表情をした。

「あの獣に、ずっとこの国に留まって欲しいのであらば、そういたしても良い。太郎と鵺をそなたの配下に置き、今後末長く面倒を……」

「とんでもないことでございます！　そのような！」

「何ゆえ悪かろうか？　今朝檻を覗いて見たところ、鵺め、太郎が撫でてやると、四肢を天に向けて腹を見せておったぞ。馴れればそなたが触れても怒《いか》るまい。」

「やはり、異国へ送るのがよろしかろうと存じます！　すぐに申し伝えて参ります。」

「費《つい》えは、高倉宮様がお約束通り与えて下さる由、別当がしかと承っておると申せ。さすがに宮様はお心が広く、獣があちこちと彷徨《ほうこう》して御所を騒がしかけたことをご心配あって、宋国へ送る手助けをして下さること、確約なさっておられるとな。」

「かしこまりました！」

慌てて馬に跨る俊清を見送って、物見はゆっくりと閉じられた。

三　宝珠

[*1]安芸《あきの》国佐伯《さえき》郡にある厳島《いつくしま》神社は、推古天皇の元年に草創された。祭神は伊都岐島毘売《いつきしまびめの》命《みこと》。女神である。姉神多紀理毘売《たぎりびめの》命、妹神多岐都毘売《たきつびめの》命と共に信仰される宗像《むなかた》三神の次女に当たるこの女神は、観世音菩薩の垂迹《すいじゃく》[*2]とも、弁財天の垂迹ともされ、平清盛《たいらのきよもり》をはじめとする平氏一門の篤い尊崇を受けて来た。

長寛《ちょうかん》二年（一一六四）に権《ごんの》中納言であった清盛は、一門の者三十二人を動員して、法《ほ》華経《けきょう》二十八品《ぼん》、無量義経《むりょうぎきょう》、観普賢経《かんふげんぎょう》、阿弥陀経《あみだぎょう》、般若心経《はんにゃしんぎょう》を書写せしめ、美麗な巻物としてこの神社に奉納した。この後、清盛は、自筆の写経を奉納することを何年にも亙《わた》って続けている。仁安《にんあん》元年（一一六六）、内大臣の時にも、仁安二年、太政大臣の肩書きでも、美しい経巻《きょうかん》に多量の金品を添えて厳島神社へ納めている。

＊1　広島県西部　＊2　人々を救うために現世に現れた姿

「また、御写経の奉納をされたのですか?」

従三位《じゅさんみ》権中納言にして右衛門督《うえもんのかみ》平時忠《ときただ》は、目前に座す僧形の義兄を呆れた眼で見つめた。

「よくも毎年、長文の経文《きょうもん》を写したりなさるものですな。まあ、全部ご自身で写されぬにしてもです。厳島の神もお喜びでございましょう。わからぬでもありませぬ。相手が美しい女神なので、艶文《つやぶみ》のおつもりなのですな。」

「皮肉を申すな、右衛門督。」

六ヶ月前に出家したばかりの清盛は苦笑いした。まだ、法衣が一向に似合っていない。

「麗《うるわ》しい女人《にょにん》はもちろん好きじゃが、神に艶文をお送りするほどの度胸はないぞ。この頃は、そなたの姉が恐ろしいので、人間の女に文を送るのさえ遠慮いたしておる。」

「そのようなことをおいそれと信ずる者はおりますまいが……」

時忠は首を傾《かし》げて笑った。

「わが姉君と、この長い年月連れ添われておられるだけでも、驚嘆すべきことにございます。」

この男らしくもないことだが、言葉にひとかけらの皮肉も含まれていない。この世でただ一人頭が上がらぬのは、同母姉、清盛の北の方である時子なのである。虎より物怪《もののけ》より恐ろしい姉と琴瑟相和《きんしつあいわ》しているからには、義兄は大人物に違いない、と、若い頃から少しの疑いもなく信じている。豪胆さと、包容力と、怜悧《れいり》な知性と、何より勇気と決断力がなければ姉の夫がつとまるはずはない。

「ところで、本日おいでなされた御用向きは？　経文奉納のことを話しに参られたのではありますまい。」

「いや、その経文が問題なのじゃ。」

清盛は腹立たしげな顔をした。

「知っての通り、佐伯景弘《さえきのかげひろ》は厳島の社殿を完璧なものにしようと修造を開始するつもりじゃ。それはわしの意向でもある。」

「存じておりまするが？」

古くから厳島社の神主を務める佐伯景弘は、昨年従五位下、民部大丞《みんぶのだいじょう》*に任ぜられた。

清盛の信任を受けて、神社の社威をかつてないほどに拡大したこの人物は、また、一種の

＊　民部省は籍や税などを担当し、丞は四等官の三位に当たる

芸術家とも言うべき素質を持っている。建築が好きなのである。その点でも清盛と意気投合し、二人は厳島神社を壮麗なものとすべく話し合いを重ねている。神々の中で一番美しい女神は、この国で一番美しい社殿に住まうべきであろう。

「社殿の造営には費《つい》えがかかる。そのための金品を送ってやるのに添えて経文も奉納すれば、一石二鳥と申すものじゃ。」

寄付と納経は全く別のこと、義務とあらば、金品を送るぐらいは自分もするかも知れないが、わざわざ忙しい時間を割いて写経するなど愚の骨頂だ、と時忠は思ったが、口には出さない。

「して、その経文が何か？」

「盗まれた。」

清盛は歯噛みしている。よほど腹が立ったものらしい。

「盗人が写経を盗んだと言われるか？」

「写した経を納めた箱と、共に置いてあった砂金十袋、絹三十端（反）、消えておった。」

「何処《いずこ》から？」

「泉殿《いずみどの》じゃ。」

「なんと！」

六波羅は、清盛の祖父正盛《まさもり》以来、武門平氏の根拠地である。その中心泉殿は総帥清盛の館《やかた》で、都一安全な場所であるはずだ。

「一体、邸《やしき》のどこに保管しておかれたのです。」

「今朝、厳島へ向けて送り出す手はずであった。荷造りは昨夜のうちに済み、車宿《くるまやどり》の中に一時積んであったのじゃ。ほかに米、布、酒、器具類なども用意してあったゆえ、荷は多く、馬に積もうとして一番奥にあった櫃《ひつ》を持ち上げた者が、軽さに驚いて中を調べ、発覚した。」

「盗まれたのはその櫃の中身のみと？」

「他の奉納品はみな無事であった。砂金や絹は補填して、荷は既に送り出した。今頃は大輪田《おおわだ》から船で厳島へ向かっておろう。我慢できぬのは写した経巻じゃ。極上の厚紙を用意させ、表紙と見返しには金砂子《すなご》[*1]と銀砂子を振り、截箔《さりはく》[*2]を散らし、題箋《だいせん》[*3]は金銅《こんどう》透かし彫

＊1　金の粉末　＊2　金銀箔　＊3　書名

りとさせた。茜《あかね》染めの本紙にわしが五日かけて般若心経を一字一字、心をこめて書写したのだぞ。あれを盗み出すとは罰当たりな！　許せぬ。」

「砂金や絹ならわかりまするが、何ゆえに経文など盗みますのか？」

「軸首《じくしゅ》に宝珠を飾り付けてある。院の執事別当《しつじのべっとう》より贈られた物じゃ。」

「成親卿《なりちかのきょう》ですと？」

嫌な顔をした。時忠は、院の別当権中納言藤原成親が大嫌いである。

「どのような珍玉ですかな。あの御仁は、他人の嘆きなどたとえ血涙を搾《しぼ》らせようと平気でおられるゆえ、血の色をした紅玉とか。」

「まあ、そうひどく申すな。それほど悪い人間でもなかろう。」

清盛には人を信じやすいところがある。清濁併せ呑むのは美点であるが、足元をすくわれなければいいがと、常々義弟は思っている。

「鳩の卵ほどの珠《たま》が二つ。水精《すいしょう》の類《たぐい》であろうが、珠の上部は桃の露のごとき淡い紅《くれない》、下部はまるで深い海のような碧《みどり》であった。二つの色が混じり合う間《あわい》の部分は水のように透き通り、上下からほのかに桃色と水色が滲《にじ》んで見えた。あまりに不思議なので、この国の物か、異国の産かと執事別当に尋ねたが、さる玉造《たまつくり》が借財のかたに献上したもので、何処の産かは知らぬと申した。」

「接《つ》いでもおらぬに、珠の上下で色が違いますと？」

「まことじゃぞ。」

疑わしげな相手に、いくらかむきになって清盛は言った。

「そなたも、あれを見れば驚くに違いないわ。染めた玻璃《はり》で造ったりした物ではないぞ。ごくわずか、磨き残された岩が付着しておった。試しに洗わせてみたが、色は落ちなかった。」

「なるほど。」

「その珠を、透かし彫りの枠に留めて上下の軸首に嵌め込んだ。あの珠二つで駿馬《しゅんめ》十頭の値《あたい》はつこう。」

「その宝玉のかわりに、執事の別当殿は何をねだられました？」

「そろそろ大納言になりたいと申しておったな。」

「然様《さよう》ですか。」

時忠は唇の端を吊り上げた。あのような男が高位に就いても良いことは一つもない、と言わんばかりである。

「相国殿《しょうこくどの》が参られたのは、検非違使庁《けびいしのちょう》の者どもにこの件を探索せしむるためにございましょうな。」

「なに、そなたが乗り出してくれれば、すぐに見つかるであろう。」

敏腕極まりない検非違使別当に信頼の目を向けて、義兄は言った。

「若い頃からいつも、そなたがじっくりと考え、あの辺を捜せ、という場所を捜すと、失せ物は見つかった。昔から捜し物上手じゃ。」

「腰刀《こしがたな》や烏帽子《えぼし》と一緒になさいますな。」

溜息をついた。この人の頼みは断れない。時忠は、十二歳年上の義兄を尊敬している。太政大臣にまで上ったからではなく、姉と二十五年も共に暮らしているという点において。

「探索いたさせましょう。五日ほどお待ち下さい。」


翌日、時忠は六波羅の清盛邸を訪ねた。

六条大路《おおじ》を東に三町渡り、鴨川を越えてしばらく行くと、泉殿へ通じる南門に出る。全体で一坊、およそ十六町ほどの広さの六波羅には、平氏一門の邸が点在し、主だった者の邸の周囲を郎党の家が取り囲んでいるため、要塞か軍営のような趣があった。

この日、時忠は、検非違使少尉《しょうじょう》山本俊清《やまもとのとしきよ》を前駆《せんぐ》として伴っていた。

「これへ。」

道の途中で車の脇に俊清を呼び寄せると、検非違使別当は少尉に折りたたんだ紙を渡した。

「その方、一足先に泉殿へ参り、侍所《さむらいどころ》にてここに書いた事柄を調べてまいれ。入道相国殿は、郎党どもに、検非違使に対しあらゆる探索への協力を惜しんではならぬと申し付けて下さっておられるゆえ、尋問に答えぬ者はおるまい。」

「かしこまりました。」

俊清は礼をして紙を受け取り、開いてみた。

「賊侵入の夜、車宿警護の者どもに、当夜の仔細を尋問のこと。宿へ出入りの者ありしか、また、翌朝惣門《そうもん》（正門）、南門を出た車の有無、究明いたすべし。当夜以来出仕いたさぬ者のありやなしや、当夜に急病人の発生ありや否やをも調書とせよ。」

首を傾げた。

「当夜に急病人が発生いたしたか否かが、盗難と何か関わりがございますのでしょうか？」

「まだわからぬ。とりあえず聞き質して参れ。わしは相国殿と、お身内にお話承《うけたまわ》り、一刻ほどで車宿へ行く。」

「相わかりました。されど、前駆はいかがいたしましょう？」

中納言が外出するには、通常三、四人の車副《くるまぞい》、六人の随身が護衛に付く。そのほかに、前駆が馬で先導し、通行人に先触れして道を空けさせる。普段時忠はうるさがって、正式な数の随員など滅多にそろえた例《ためし》がない。

「前もって行先に行っておれば、前駆であろうが。」

平気な顔をして別当は言った。傍に付いた舎人《とねり》が困った表情をした。

「早く行け。尋問を済ませるのが第一と心得よ。」

俊清は馬へ戻り、鞭を入れて駆け出した。

南門は六波羅の南端である。泉殿へ入るには、ぐるりと廻り込んで北側の惣門へ出なくてはならない。俊清は馬を急がせて泉殿の惣門へ向かい、そこで馬を預け、案内を請うて侍所のある西中門まで歩いた。

検非違使庁の役人と聞いて出迎えたのは、初老の立派な武士《もののふ》であった。

「右兵衛尉《うひょうえのじょう》平家貞《いえさだ》、入道相国様の御命令により、判官殿にお力添えいたすべくお待ち申し上げた。何なりとお申し付け下されよ。」

平家貞は、清盛重代の家人《けにん》である。

「兵衛尉殿には、お手を煩わせ、まことにありがたく存ずる。」

俊清は丁寧に頭を下げた。官位にはほとんど差がないが、年長者に対して礼を尽くすべしと幼い頃から厳しく躾《しつ》けられている。

「入道相国様のご依頼にて、検非違使別当様は、この度泉殿にて起きた経巻の盗難につき探査なされまする。某《それがし》、侍所の長《おさ》殿と協議の上、御家の侍数名にものを尋ねたく存じます。よろしく御手配賜りたい。」

家貞は微笑した。若い検非違使尉に好感を持ったようである。

「別当様お調べの筋は如何に？　某、逐一ご同行いたすことは出来ねど、我が三男家長、そちらに控えおるゆえ、判官殿のお役に立つことでござろう。」

引き合わされた若者は俊清とほとんど同年配に見えた。肩幅が広く、背の高い、見事な体格の青年だったが、いくらか気後れしているように目を伏せている。

「お取調べに同道いたしまする。平家長にございます。」

礼を交わした後、俊清は別当から命ぜられた事柄を説明し、二人は関係者を尋問するべく侍所へ向かった。


時忠がこの日を選んで六波羅を訪ねたのは、姉の二位時子が所用で他出するのを知っていたからである。決して姉と会うのを厭《いと》うているわけではないが、姉がいては、容赦ない官吏として振る舞い得ない。

「侍所へは、既に下役の者を差し向けてありまする。」

出迎えた清盛に、義弟は言った。

「相国殿にお尋ねすべきことはあまり残っておりませぬ。今尋ねたきは、義兄上のお手を離れた経巻を箱に収めた者、その箱を車宿へ運んで砂金や絹と共に櫃に入れた者、その櫃はじめ、厳島へ送られるべき荷を警護いたした者どもにございます。」

「金工より、表装の済んだ経巻を受け取って参ったは家貞であったな。あまりに見事な出来であったので、姫たちや倅どもを呼び寄せて見させた。」

清盛には多くの子供がいるが、時子所生《しょせい》の男子は三人、女子は二人。そのすべてが六波羅に住む。

「皆に見せた後、その場でわし自ら巻き戻し、漆塗りの経箱に収め、既に車宿に置いてあった櫃に入れよと命じた。」

「誰に？」

「確か、中将であったと思う。」

四男知盛《とももり》である。この時十七歳、昨年左近衛《さこんえの》中将に任ぜられた。

「中将をお呼びいただけますか？」

知盛はすぐにやって来た。検非違使別当である叔父にきびきびと礼をする。

「叔父上様が消え失せた経巻を捜し出して下さるとのこと、一昨日、経を車宿まで運びましたは某ゆえ、状況をお尋ねになられることと思っておりました。某が盗人である割合も、十のうち二つほどはございましょうゆえ。」

大真面目である。皮肉でも、僻《ひが》みでもない。この若者の考え方はいつも現実的なのである。

「そなた、経巻を手許《てもと》に置きたく思っておったのか？」

甥に目を向け、からかうような調子で時忠は質問を開始した。若者は首を振った。

「馬や太刀ならば知らず、某が経文を持っておりましても何の役に立ちましょうや。我が家は武門にございます。某よりずっと所持なされるに相応しき方々がおいでになられましょう。」

「ならば、何ゆえ十のうち二つの割でそなたが盗人のことがあるなどと申す？」

「不可能か、可能かを考えますると……」

盤上で碁の先を読むような表情で甥が言う。

「あの場におりました者たち、参議《さんぎ》の兄上にも、弟左馬頭《さまのかみ》にも、妹どもにも、経を盗み取ることは不可能でございました。某は、経を車宿まで運びましたゆえ、櫃を開き、中の絹や砂金を取り出し、経を入れずに蓋を閉じることは確かに可能でございまする。」

「然様にいたしたのか？」

「いいえ、いたしておりませぬ。」

きっぱりと答えた。これで完全に身の潔白は証明された、と思っているようである。

「この者は、麗しい調度や、見事に作られた工芸品などには一向に関心がないのじゃ。」

父である入道相国が四番目の息子を見やって口を挟んだ。

「あれが馬ならば、まず第一に中将を疑わずばなるまいが、経文ではな。我等が若年の頃は戦に明け暮れておったので、経を学び、美を愛《め》でる暇《いとま》とてなかった。倅どもには雅《みやび》なものを楽しむ心を持って欲しいものと思うておるに。」

「美しいとは思いまする。」

知盛は、目を見張って父に抗弁した。

「欲しいと思わぬだけにございます。」

「参議の中納言は如何じゃ？　経巻を見て楽しんでおったのか？」

清盛の三男、時忠の姉時子にとっては長子、先日参議となった宗盛《むねもり》のことである。

「兄上は、経巻の見事さに大層感嘆されておられました。このような美装は見たことがない。一字一字と写された父上のお志もさることにて、一日も早く厳島に送られるべきと思う。自分も写経に励み、写し上げたならば、及ばずながら匠《たくみ》に命じて表具をいたさせ、同様に奉納したいものと仰せられました。」

現実的な四男は首を傾げた。

「理解の出来ぬことにございます。写経に時を費やすなどとは。」

叔父は全くだ、と頷き、父は溜息をついた。

「その点は兄を見習うがよかろう。神仏を侮ってはならぬと何度も申したであろうが。」

「経を書写せずとも、敬いの心は持っておりますゆえ、ご安心を。」

「他の者たちは如何に申したか？」

「妹たちは、美しさにただただ驚き、喜んで、この絵師に扇の絵を描かそうとか、この珠で念珠を作らせたきものだとか、その様、子雀の囀《さえず》りに似ておりました。」

「さもあろうな。」

「左馬頭は……」

清盛の五男、十二歳になる重衡《しげひら》である。

「軸首に付いた珠を見て、かの彦火々出見尊《ひこほほでみのみこと》は、*潮盈珠《しおみつたま》と潮乾珠《しおふるたま》を持ち帰られたと神代紀に書いてある、この珠も海に浸けてみるべきだと言い出し、父上も困られて、厳島の宮司に確認させると諭《さと》され何とか納得させました。あの者は、古《いにしえ》の物語が好きでございますゆえ。」

「なるほど。」

「右衛門督、まさか、あの珠を海に浸けるために左馬頭が盗み出したと申すのではあるまいな。」

「あの童《わらわ》ならばいたしかねませぬが……」

唇の端を吊り上げた。

「たった今当人が申した通り、経箱に最後に手を触れたのは中将にございます。されども、砂金や絹が共に消えているとすれば、物盗りの仕業《しわざ》。中将はじめ、お子たちが関わっていることはありませせぬな。」

＊　海水に浸けると潮を満ちさせる呪力《じゅりょく》を持つ珠と逆に潮を引かせる珠

「お疑いなしと承り、嬉しく存じます。」

知盛はあくまで真面目に頭を下げる。

「そなたが経箱を他の荷の所へ運んだのは何時であった？」

「酉《とり》の刻（午後六時）にかかる頃でございました。」

「櫃へ経を収めた時、他の奉納品はまだあったのか？」

「すべて入っておりました。」

時忠は、左手の薬指で口髭を撫でながら考え込んだ。

「相国殿、櫃が空だと気づかれたのはいつのことでございましたか？」

「寅《とら》の下刻（午前五時頃）であった由《よし》じゃ。」

五刻半の時が経っている。

「その間、荷の警護は？」

「侍どもが入口を見張っておったはずじゃ。」

泉殿惣門の車宿には、車の保管所、付属品や器具の収納庫、牛小屋などのほか、隣接して荷駄用の倉がある。厳島へ向けて送る荷が集められていたのはここで、入口には一晩中見張りが付いていた。

「では、次に見張りいたした侍どもを調べねばなりますまい。」

義兄と甥に一礼して、検非違使別当は席を立った。


「当夜、倉を警護しておりました兵は三度交代をいたしております。」

別当を倉の前に迎えて、山本俊清は報告した。後ろに平家長が控えている。

「四人づつ、酉の刻に一度、亥《い》の刻（午後十時）に一度、丑《うし》の刻（午前二時）に一度交代しております。寅の下刻には倉を開きましたゆえ、最後に見張りに立った兵が品物の紛失に気づいたのでございます。十二人の兵どもには尋問を済ませましたが、皆、おかしなことはなかったと申しておりまする。」

「姿を消した者はおらぬのだな？」

「十二人すべて出仕いたしております。」

「酉の刻より、車宿へ出入りした者は？」

＊　馬で運ぶ荷物

「倉へ入った者はおりませぬ。亥の刻までの間、車宿へは十数人の者どもが出入りしたとのことにございますれど、いずれも不審な者ではなかったと、この家長殿が申しておられます。」

別当は背の高い若者に目を向けた。清盛の忠実な家人平家貞の三男を彼も見知っている。家貞は、甥知盛の乳母の夫なので、家長は知盛の乳母子《めのとご》に当たり、常にこの甥に近侍している。

「そなたはその間何処におったのじゃ？」

「侍所に詰めておりました。」

侍所は、車宿の真向かいにある。

「車宿に出入りいたしましたのは、入道相国様と参議の中納言様の雑色《ぞうしき》たちが八人、車の整備のためにございます。北の方様にお仕えする女房殿が二人、車にお忘れになられた扇を捜すため。ほかに牛飼いの童が三人、常のごとく屋形の中を整えておくため。最後に入りましたのは某にございます。中を見回り、戸を閉め、閂《かんぬき》をかけまして退出いたしました。」

「異常はなかったと？」

「ございませぬ。」

「車宿に入った者が中に居残り、密かに倉に侵入いたしたとは考えられぬか。」

「某が見ました限り、一人として倉の傍に近づいた者はおりませぬ。見張りの兵たちも同様に申し立てております。」

困ったように答える家長の言葉は朴訥《ぼくとつ》で、好感の持てるものであった。

「十二人の兵どもの身元は？」

「最初の二刻を相務めましたのは我が父家貞の手の者たちにて、某も顔を見知りおる代々の郎党にございます。次の二刻は、大番《おおばん》にて都に参った下総国《しもうさのくに》[*1]嶋田党の者ども四人、その次は武蔵国[*2]児玉党の者四人にて……」

地方から、宮中を守護するため都に上り、数年間勤務することを大番と言う。この頃は、宮中守護だけでは食べてゆけぬので、大番勤務の武者たちが大貴族の家にも仕えるのは普通のことであった。

「人選をいたしたのは何者か。」

＊1　千葉県、茨城県南西部　＊2　埼玉県、東京都、神奈川県東部

「某にございます。このような場合には、詰めております兵のうち同氏族の者どもを四人づつ、二刻で交代させますのが常でありますゆえ。」

「すると、同じ家族、少なくとも同じ一族の者四人が組をなして二刻の警備を務めるのじゃな？」

「はい。然様にいたしますと、諍《いさか》いや口論などの起きることが少なく、万一賊などが侵入いたしますれば共に力を合わせて戦いますのでよろしきかと。」

「なるほど。」

唇の端を微《かす》かに吊り上げた。

「昨夜急病人が出たか否かにつき、調べはついたか？」

「亥の下刻（午後十一時）に、北の方様付の女房方のうちお一人が腹痛を起こされ、召し使われる雑仕女《ぞうしめ》も三人、同じ病に倒れたとのこと、何か悪い物を食したかに思われまする。幸い、皆翌日には回復いたしましたなれど、特に病の重かった雑仕女が一人、子《ね》の刻（真夜中の十二時）頃に手輿《たごし》*に乗せられて六条富小路《とみのこうじ》の里方へ運ばれました。医師《くすし》に見せて手当てしたところ、翌日には元気になって戻ったとのことでございます。」

「ふむ。」

予期していた答が期待通りに返って来た、というように、時忠は頷いた。

「山本判官。」

「はい。」

「その方、東市へ急げ。盗み出された経文と絹三十端が売りに出されたか否かを調べよ。発見いたさば、売り手を捕えて出所を糾明せよ。」

「かしこまりました。」

「家長は、手輿に乗って邸を出た雑仕女が何者の縁者かを調べて参れ。」

「相わかりました。」

「入道相国殿には、日限を五日と切ってお捜し申す筈であったが、この分では二日で方が付きそうじゃ。」

自邸に戻っていた時忠の許へ、俊清と家長が連れ立ってやって来たのは夕刻になってか

＊　前後二人で長柄を腰のあたりまで持ち上げて運ぶ輿

らである。俊清は何やら布に包んだものを小脇に抱え、家長の方は一通の書状を携《たずさ》えていた。真面目な顔が、昼間よりもさらに困ったように顰《しか》められている。舎人が二人を中門脇の＊東対《ひがしのたい》に案内した。

時忠は書見をしていた。報告が来るのを東の中門の近くで待っていたものらしい。

「見つかったか？」

巻物を文台《ぶんだい》に置きながら、検非違使別当は尋ねた。

「見つかりましてございまする。仰せの通り、放免《ほうめん》数人と手分けして東市を回りましたところ、藁筵《わらむしろ》に高価な絹を置いて売る者を発見いたしました。傍らにこの箱が並べてありましたゆえ、すぐに商人《あきんど》を捕えて糾問いたしました。」

俊清が抱えた布包みを開くと、中から一尺ほどの長さの手箱が現れた。生漆《きうるし》を塗った蓋には、美しい波と松の木が輝くような紺と緑青《ろくしょう》で描かれ、金粉が振られて砂浜を現している。金銅の金具に付けられた細い紐は、鮮やかな朱と、深緑、紫、それに白で組まれ、蓋の上で結ばれた様は、金色《こんじき》の砂浜に五色の雲がたなびく風情であった。

「これが経箱か。市で盗品を売っておった商人は、さしずめ腹痛で帰宅した雑仕女の縁者であろう。」

「如何にも、その女の兄でございました。その女と申しますのは、亥の刻より丑の刻まで見張りに立った嶋田党の武者の一人と懇《ねんご》ろな者にて、武者どもをたぶらかし、倉の中より奉納品を抜き取らせたと判明いたしました。」

若者たちは畏敬の目で別当を見た。

「どうしておわかりになられたので？」

「勝手に品物が溶け失せたのでなければ、見張っておった者が持ち去ったに決まっておる。」

身も蓋もない言い方である。

「高価な物は一番奥の櫃に収めてあると知れておったゆえ、抜き取るのはほんの一瞬で済む。四人で櫃の中身を取り出して手輿に隠し、病と偽った雑仕女がそれに乗り、身寄りの者に担がせて泉殿を出る。夜間に門を出れば何ごとかと問い質されるが、急な病人ならば話は別じゃ。気の毒なのは腹痛を起こした女房たちじゃな。毒草でも食らわせて大勢を病と見せた。一人の外出を怪しまれぬために。」

＊　寝殿の東にある別棟

二人は顔を見合わせた。

「南門から出て鴨川を渡る際に、橋から河原へ品物を落とし、兄の商人が拾って市まで運んだのであろう。」

「まこと、そのように申しておりました。」

「輿が門を出るよりも前に倉を警備しておった者が一味とすれば、最初の四人より、第二の組の方が怪しかろう。亥の刻までは家長が見ておったのだからな。」

「畏れ入りましてございます。」

「して、すべての物を取り戻したか？　既に売り払われた物は？」

「絹布が二端、砂金が半袋分使われてしまっておりました。それと、経巻が……」

時忠は意外だという表情をした。

「ほう、経を買って行った者がおったのか。」

若い検非違使尉は当惑している。

「いえ、経巻は、なかったと。」

「何だと？」

「盗人どもは口をそろえて箱は空であったと申しております。美しい箱であったので、どのような宝が収めてあるかと期待しつつ開いてみたが、何も入っていなかったのでがっかりしたと。せめて箱だけでも売ろうと並べておいた由にございます。」

「偽りではないのだな？」

「只今厳しく糾問中にございますれど、ことがすべて露見いたしたのち、経巻についてのみ虚言を弄する必要がありましょうや？」

「入道相国様は……」

家長がおずおずと口を挟んだ。蒼くなっている。怒った清盛は恐ろしい。

「他の物などどうでも良い、写経が戻るのが望みなのじゃ、右衛門督は何をいたしておる、早く見つけてくれと伝えよ、と大声で仰せられ……」

「全く無理を言われる。わしが盗んで持っておるわけではないわ。」

別当は舌打ちした。だが、腕を組んで思案している顔はどこか愉快気に見えた。考えがまとまったと見えて眼が輝き始め、唇にいつもの皮肉な笑みが浮かんだ。

この方は、話がこんがらかるほど嬉しいのであろうか、と俊清は思う。おそらく、それをほぐすのがお好きなのだ。

「やむを得ぬ。六波羅を再訪せずばなるまい。確か、明日は二位殿御在邸のはずだが、いたしかたない。」

「右衛門督様……」

この時、平家長が恐る恐る巻いた書状を差し出した。

「わが主《あるじ》が、状況を御報告申し上げた後、この文を叔父君にお届けせよと申されました。」

この場合、主とは清盛ではなく、知盛のことだ。清盛の四男の乳母子である家長は、幼い頃からこの若者と一緒に育った。この後は生死を共にする腹心の家来となる筈である。

「わしと面談いたしたいとでも申すつもりか？」

「そ、某は存じませぬ。」

書状に目を通して、呆れたように眉をひそめる。

「気の早いやつ。この分ではすぐにもここへ参るぞ。」

その言葉の通り、時忠が文を巻き収めぬうちに、先刻の舎人が左近衛中将の来訪を告げた。

知盛は軽い足取りでやって来た。正装しているが、この活動的な若者には裾の長い袍《ほう》は似合わない。うるさそうに裾を捌《さば》いて座り、叔父に礼を施すと横にいた二人を恐い眼で見た。

「わしが叔父上にお話し申し上げる間、その方等、口出しいたしてはならぬぞ。それが出来ねば、すぐにこの場を去れ。」

一体何ごとか、と俊清は目を丸くし、家長は蒼くなった。十七歳の甥は、叔父に向き直って先刻父の前で話していたのと少しも変わらぬ口調で言った。

「あの経巻を密かに抜き取りましたのは某にございます。残念ながら、鴨川に流してしまいましたので今は持っておりませぬ。某、すぐにも官を辞して父上にお詫び申す所存ゆえ、どうかお取り成し下さいますよう。」

「ほう、その方が盗人じゃと？」

検非違使別当を務める叔父は、面白そうに応じた。知盛がこの叔父を驚かそうと目論んでいたとすれば、完全に当てがはずれたことであろう。

「先ほど、自分は盗っておらぬと申したな。何ゆえに嘘をついたのじゃ？」

「叔父上と知恵を競ってみるのが愉しく思われたからにございます。」

けろりとした顔で答えた。必要とあれば厚顔無恥になれるところは叔父とよく似ている。

「そなたが経巻になど興味を持たぬことはわかっておるゆえ、申し条をうかと信ずる気にはなれぬな。」

「あの珠を水に浸けてみたくなりまして。」

「よい年をして神代の物語を真似るのか。左馬頭ではあるまいし。」

「実際に川に投じたらどうなるものか、確かめてみようと思いましてございます。何ごとも起こらず、流れて行ってしまいましたが。」

「海ではなく、川に流したと?」

「はい。」

「増水するか否かを見るために?」

「はい。」

「父相国殿のお怒りも考えずにか。」

「父上にはまことに申し訳もなきことをいたしました。某、左中将の職を辞して、安芸《あき》なり讃岐《さぬき》なりへ下り、海賊討伐をいたしとうございまする。奥州《おうしゅう》の抑えに下野《しもつけ》か越後《えちご》へ赴いてもかまいませぬ。」

「中将様！」

血相を変えて家長が叫んだ。

「そのようなこと、なりませぬ！」

「黙れ！」

知盛は鋭い声で乳母子を叱り付けた。

「口を出してはならぬと申したであろうが。」

叔父へ向き直る。

「某は宮中におっても役に立ちませぬ。しきたりや故実を覚えることさえままならぬ者が中将になっておっても何になりましょうや。一軍の兵を率いて辺境の治安を保つことの方が、よほど向いております。」

「大馬鹿者め！」

時忠は溜息をついた。

「嬉しそうな顔をするでない。それが狙いだったのじゃな、中将。そなたが宮仕えに飽き果てたとしても、解官《げかん》になる片棒を担ぐ気などないぞ。そもそも、そなたのような不器用者がこっそり経を箱から抜き取り、誰にも気づかれずに空箱のみ櫃に返しておく真似が出来ようはずがない。それが出来たのは、そなたと一緒に箱を捧げて車宿まで行き、櫃に収めて蓋を閉めた者じゃ。そなたは経箱が開かれたことに気づきもせなんだのであろうが。」

振り向いて、蒼白になった若者の目を見つめた。

「然様であろう、家長。」


平家長は身を震わせて平伏した。俊清は、目と口を丸く開いてたった今まで共に探索をしていた同僚を眺め、知盛は、ばれてしまったかと言うように首を竦《すく》め、尋ねた。

「どうしておわかりになられました？」

「そなた、馬鹿正直にも、経を抜き取れたのは自分だけだったと申したな。如何にもその通りじゃ。盗人どもが櫃を開くよりも前に経が消えておったとするならば、中将が一番怪しい。されども、そなたが経文など欲しがるものか。乳母子は、常日頃傍に侍しておる。半身のような者じゃゆえ、そなたが父君に命ぜられて車宿に向かう時、箱を家長に持たせたのであろうが。自分で持参し、自分で櫃に収めたかのように思って気にもしなかった。自らの腕にも等しい者なのだからな。」

知盛は頷き、家長はますます小さく長身を縮めた。

「盗人から取り戻した経箱が空だったと聞いて、はっと気づいたのじゃな。おそらく、家長が経を盗んだ理由にも思い至った。そこで庇《かば》おうと考えたが、粗忽者《そこつもの》ゆえ、しめしめ、これで宮中を出られれば一石二鳥だなどと思ったのであろう。そのようにうまくことが運ぶものか。」

「叔父上を誑《たばか》れると考えましたは浅はかにございました。」

甥は幾分しおれたが、すぐまた勢い良く抗弁した。

「されど、家長は決して己の私利を図ろうたわけではなく、ただ知り人のため良かれとのみ思い、一時、経を借り受けたものにございまする。早々に返すはずだったと見受けました。然様であろう、家長。」

「はい。」

大柄な若者が、一寸でも身を縮めようともぞもぞしているのは何とも滑稽な眺めであった。

「あの御写経は、後ほどこっそり箱に戻しておくつもりにございました。あのような騒ぎにさえならなければ、どなたにも気づかれることなく無事に荷駄を出立させたのでありましたが……」

「何が狙いであった。あの珠か？」

「申し訳もなきことにて……」

「知り人とは何者じゃ。」

「どうか、かの者をお咎《とが》めになりませぬよう。」

これ以上身を縮めるのは無理であったので、若者は亀がほんの少しづつ首を伸ばすように恐々《こわごわ》主人とその叔父を窺った。

「宮垣兼見《みやがきのかねみ》と申しまする。」

「その方との関わりは如何に？」

「この者の想い人の兄にございます。」

知盛が乳母子を見やりながら答えた。

「あの経巻に嵌め込まれた珠を磨き上げました匠にて、いずれは都一の名人と謳われるは必定の、優れた玉造にございます。」

「その者、己が手離した珠を取り戻そうといたしたのか。」

「あの珠は……」

家長は言いにくそうに口ごもった。

「売りました物ではなく、奪われたのでございます。」

相手は眉と唇の端を吊り上げた。

「院の執事別当殿にか？」

「執事の中納言様は……」

少しづつ問いに答えているうちに、若者の口はだんだんとほぐれてゆくようだった。

「兼見に、瑪瑙《めのう》の大玉を中央に入れた水精の数珠《じゅず》を御注文下されておられました。常の玉造ならば一年はかかりましょうが、兼見は百八十日と日限を切りましてお受けいたし、弟子の童と共に六十粒の数珠を削砕《さくさい》して穿孔《せんこう》し、荒砥《あらと》にかけてから中砥《なかと》、仕上砥《しあげと》と磨きを施して三十五粒まで仕上げたのでございますが……」

口調に沈痛な響きが籠った。

「その頃に妻が病に罹《かか》り、看病の甲斐もなくみまかりましてございます。」

「この者は、玉造の妹に想いを寄せておりまして、毎夜のように匠の家へ通い詰めておりました。」

家長の主が補足した。

「玉造は、弟子と、妻、それに妹の四人で暮らしておった由。それゆえ、家長は玉造本人やその妻とも知己となりまして、妻に先立たれた匠のことを我が身のように案じておりまする。」

「まことによき夫婦《めおと》だったのでございます。」

心ならずも偸盗《ちゅうとう》となってしまった若者が言った。

「宮垣は、出雲の玉造の後裔《すえ》にて、古来の技法により珠を磨きますのを生業《なりわい》とする家柄にございます。妻の名は鎮女《しずめ》と申し、病みつきましてから、兼見は一切の仕事を中断し、祈祷師、医師を呼んであらゆる手を尽くしましたなれど、かの女人の病は死病でございました。」

妻を失った玉造は、最初は茫然自失として、周囲の者の言うまま葬儀の仕度をしたそうである。ところが茶毘《だび》に付す寸前になって、突然焼いてはならぬとわめき始めた。妻には生前何もしてやれなかった。亡くなっても、自分の力では寺を建ててもやれず、僧侶に高価な物を布施することも出来ず、立派な法要を営んでもやれない。これでは鎮女は浄土へ行くことが出来ない。自分に出来る最高の物を用意するまであの世に送るのを待てと叫び続けたので、困り果てた親族の者がなだめすかして連れ去り、一応葬儀を無事に済ませた。

遺骨を壺に納めて妹が家に帰ってみると、兄は亡父の残したたくさんの玉石の中から、半ば削り出した原石を二つ取り出していた。それから、一心不乱に磨きだした。

「三月の間、不眠不休で仕事しておりました。非常に硬い石であったらしく、常にはその大きさの珠ならば数日で磨き上げるものが、三月もかかったのでございます。」

「それがあの珠か?」

「はい、確かに。某、珠が奪われたことは存じておりましたが、入道相国様が入手なされて経巻の軸に嵌め込まれたとは思いもよらず、見た時には魂が飛ぶほどに驚きましてございます。」

玉造は、亡き妻のために寺へ納めようと宝珠を磨くのに夢中になり過ぎた。他の仕事を一切放棄していること、報酬の半ばは既に受けてしまっていることを忘れていた。

「当然、期日が来ても注文の品を納めることは叶わず、注文主は皆怒《いか》りましたが、理由を知ると日延べを承知してくれたそうにございます。されど、執事の別当様ばかりはお怒りをお静めになりませず、家の者どもに命じられて玉造の家を打ち壊し、違約の形《かた》に中の品々をすべて持ち去られました。兼見は住家も仕事場も失い、行く所がございませぬので、妹と弟子の童と共に我が邸に留まっております る。」

家長は、前《さきの》太政大臣が厳島神社へ奉納しようとしている経に奪われた珠が嵌められているのを見た時、どうあっても経巻を持ち出さねばならぬと思った。兼見は気落ちして廃人同様になっていたからである。ほんの一時、経を持ち帰り、軸首の珠を水精のものと嵌め換えれば何の差し障《さわ》りもないのではないか。経巻は、翌朝にまたそっと経箱へ戻す。二つの宝珠は兼見がしかるべき寺へ奉納し、経の方は無事に厳島に納まる。大変にうまい考えのように思われた。

「かくのごとき騒ぎになりましょうとは思いもよらず、昨日以来、申し訳なさのあまり身も世もなき有様にて……」

そう言えば、初めて会った時からずっとこの若者は顔色が悪かった、と俊清は気の毒に思った。いつ発覚するかと不安で胸がいっぱいだったに違いない。別当は左手の薬指で髭を撫でている。

「経巻は、その方の邸にあるのか？」

「はい。」

「では、玉造に経を持たせ、すぐに泉殿へ連れて参れ。山本判官、その方も同行せよ。構えて玉造を逃すでないぞ。」

「心得ました。」

「夜分にかかろうが、わしも相国殿をお訪ねしよう。明朝には二位殿、＊方違《かたたが》えより戻られるゆえ、今宵の方が良い。」

＊　陰陽道にもとづく風習。他出の際、その方角が凶の場合、それを避けていったん別の方向に出掛け、方角を変える

出家して浄海入道となった清盛は、夜になって再訪して来た義弟と息子に驚いたようだったが、いきさつを聞いて眉を寄せた。

「あの珠は、強奪されたものと申すのか？」

「この件に関して言えば、行き過ぎとは申せ、残念ながら執事別当殿に理がございます。理由はどうあれ、約定を違えて注文された数珠を納めなかったのは玉造の方にございますから。強奪されたとまでは申せますまい。されど、こうした場合、人間であれば通常相手の悲しみを思って少々待ってやるものでしょうな。」

微かに唇の端を吊り上げた義弟を見やって、清盛は疑わしげな目をした。時忠ならば、確かにこの件では待ってやるであろう。だが、もし相手が彼の嫌いな者、例えば執事別当藤原成親だったとしたら、百倍厳しい取立てにあったとしても平然としているに違いない。独特な正義感を持つこの能吏は、かなり好き嫌いが激しい。

やがて、山本俊清と平家長が玉造の男を伴って庭先へ膝をついた。家長は、昨夜盗み取った見事な巻物をおずおずと捧げた。

「入道相国様、この度のことすべて某の責にございます。愚かなことをいたしました。」

俊清が受け取って階《きざはし》へ寄り、階上の三人に手渡した。

「間違いございませぬか。なるほど、まことに美麗な珠ですな。」

清盛はさらりと経を広げて見入り、満足そうに目を上げた。

「間違いない。傷もないぞ。」

巻き収めると庭の玉造に目をやる。

「そなたが宝珠を磨き上げた者とな？　何ゆえ水精と取り換えなかった。」

「珠が、経文を飾るのを喜んでいるからにございます。」

宮垣兼見は、焦点の定まらぬ目を上げて、言った。三十歳ほどであろうか、虚空を見ているような眼差しで、骸骨のように痩せ、目の下に隈《くま》が浮いている。

「珠《たま》とは、魂《たま》と同じでございます。人は、心の中に玉石の破片を抱いて生まれ、一生をかけてわずかづつ角を削り、磨いてゆくものではないでしょうか。魂は、おるべき場所を見つけた時に美しく輝くものでございましょう。ありがたい経文を護るように私の魂が嵌められているのを見ますと、下級の珠と換えることが出来なくなりました。」

「この石はいずこの物じゃ？」

「祖父の代に宋国より渡来したと聞いております。震旦《しんたん》[*1]の傍、緬《ミエン》[*2]国の産とか。これほど硬い石は見たことがありませぬ。亡妻のために磨いてやろうと試み、三月をかけて何とか磨き上げました。その間は、妻が傍らにいるように大層楽しく、充実しておりました。」

「同じ物をまた造ることは出来るか？」

「もう、二度と出来ませぬ。」

玉造の目から涙が流れた。

「仕事場が壊れた時、砥石が打ち砕かれ、摂津国[*3]で採取しました秘蔵の金剛砂《こんごうさ》[*4]が川に捨てられてしまいました。たとえ同じ玉石を手に入れたとしても、同じ硬さの金剛砂がなければ珠を磨くことは出来ませぬ。」

手離しで泣き始めた。

「妻には、この世に二つとない物を持たせてやりたいと思いました。私は、珠を磨くことのほかは何一つ出来ない者でございます。しかし、祖父も、父も磨くことの出来なかった珠を造り上げて玉造の神に奉納すれば、妻は浄土に行けるであろうと思いました。ほかのことなどどうなっても良かったのでございます。」

家長は困り果てて玉造の袖を引いた。

「これ、このような所で泣くでない！　珠のこと、済まぬがもうあきらめよ。そなたにはどうあっても心を強く持ってもらわねばならぬ。この度のことで、某が罰を受け、どのようにもなった時には、そなたを措《お》いてほかに妹の頼りになる者はおるまい。いつまでも泣いていてよいものか。」

清盛に向かい、深く叩頭《こうとう》する。

「某、相国様が首を差し出せと仰せられるならばそのようにいたしまする。入水《じゅすい》せよと命ぜられても、都を去れと仰せられてもお申し付けに従いまするゆえ、どうか、この者のことは御放念下さいまするよう。」

「家長の咎は主の責と存じますゆえ、某は官を辞して地方へ下りまする。」

すかさず知盛が言った。

「家長も引き具いたします。それにて、御処分お済ませ下さい。」

階の上では、前太政大臣と検非違使別当とが顔を見合わせた。

＊1　中国　＊2　ミャンマー　＊3　大阪府北西部、兵庫県東部　＊4　鋼玉やざくろ石の粉末

「中将は官職を投げ出したくてならぬようですな。」

皮肉な笑みを浮かべて検非違使別当が言う。

「まあ、どうしても主として引責《いんせき》いたすと申すならばやむを得ませぬ。末の息子二人は大将軍に育てるおつもりだったのでしょうが、残念ながら、一翼が欠けまするな。中将に替わる者はなかなかおりますまい。それとも、たって家長の首がご所望でございますか？」

「勝手気ままに納得いたすでない！」

清盛は呆気にとられていたが、憤慨して赤くなった。

「一体、何ゆえに首を差し出すの、都を出るのという仕儀になるのじゃ！　わしはまだ何も申してはおらぬぞ。」

「経を盗むような罰当たりは赦《ゆる》すこと出来ぬと申されたのは相国殿であったような……」

「それは、盗人が盗ったかと思うたからじゃ。」

時忠は愉快そうに義兄を見た。一般に、他人の物をそっと持ち去る行為を盗人と呼ぶのだ、とは言わない。

「それでは、家長とこの玉造は一件に関係ございませぬ。経は経箱に入ったまま売りに出され、東市で発見されて回収したのですからな。」

「それでよろしい。とにかく経は戻った。」

「されども、家来が戯言《たわごと》を申すを許しておくとは、中将に監督不行き届きの咎なしとは言えず、宮中での勤めに精励し、職責を果たすことにて償うべきでございましょう。」

知盛はつまらなそうに口を尖らせ、不承不承に頭を下げる。

「ところで、そこな玉造。」

清盛は、庭先でまだ泣いている宮垣兼見を見下ろして尋ねた。

「その方、仕事場を建て直してやれば、また玉を磨くか？」

「亡妻のための布施が出来なくなり、もはや何を為す気力もありませぬ。出家いたしてから、どこぞの淵へ身を沈めて後を追いたく思いまする。」

「亡くなった者が浄土へ参るためには、どうあっても布施が必要なものか？」

左近衛中将が首を傾げた。

「難しい行や多額の布施を行わずとも、心をこめて御仏を念じ、助けを願わば浄土へ行けると説かれる善智識《ぜんちしき》もあると聞くぞ。弟の左馬頭が懇意にしておる、何とやら申される上人《しょうにん》もそのように教えられるとのことじゃ。御名を尋ねてやろうか?」

「ありがたく存じますが、妻のためにはもう遅うございます。あの者はもはや自分で御仏を念じることも、尊いお方の御法話を聞くことも出来ませぬ。日々生きるための苦労があまりにも多く、来世を想うこともなく慌しく暮らして参り、気がつくと、時が残っておりませんでした。あまりにも哀れなこと、みな私のせいでございます。」

「己の悲しみに溺れるでない。」

厳しい声で右衛門督が言った。

「親しき者に先立たれるのはその方だけだと思うておるのか。死者を悼《いた》むあまりに己の責務をなおざりにいたして良いはずはない。残った者はまだこの世を生き抜かねばならぬのじゃ。その方には世のために役立てるべき技《わざ》があり、養うべき身内もおる。自ら命を縮めたとて、周囲に苦しみを拡げるだけで何の解決にもならぬ。」

兼見はその場に伏し、声を上げて泣いていた。首を縦に振っているので、言われたことはすべて理解していると見えたが、涙を抑えることが出来ないのだ。

「何を申しても駄目じゃな、これは。」

前太政大臣は天を仰いだ。

「家長、この経巻、その者にくれてやる。わしが苛立ってそやつの首を打ち落とさぬうちに早々に与えて泣きやませよ。」

「よろしいのでございますか？」

家長は信じられぬ様子で聞き返した。清盛が自分で写した見事な経巻の完成を喜び、誇りにしているのを知っていたからである。

「かくのごとくにおいおいと泣かれては仕方あるまいが。玉造の神に奉納いたすがよかろう。」

神器八尺瓊勾玉《やさかにのまがたま》を造った玉造の神は玉祖命《たまのおやのみこと》であり、この神の社は出雲にも摂津にもあったはずだ。

「ただし、奉納を終えて戻った後は、また玉造りの技に専念いたせ。確かにその方の腕に及ぶ者はおるまい。今後はわしも用を申し付けたきゆえ。」

経を渡された玉造は、しゃくりあげながら顔を上げた。

「戻ったら、出家いたしてもよろしゅうございましょうか？」

「差し障りない。匠の業さえ務められるのであればな。わしを見よ。僧形になったとて現世の務めは全て果たしておる。」

「僧には相応しからぬ務めも含め、全てですな。」

義弟にやんわりとからかわれて、咳払いをする。

「玉造の神には、わしからとて絹布十端を共にお納めせよ。良いな。」


「良き裁かれようでございました。」

時忠は、若者たちが去った庭を眺めやった。家長と兼見は退出し、知盛も自分の屋形へ戻った。俊清だけはまだ控えている。夜分に自邸へ戻る別当を警護するつもりなのであろう。

「この先、玉が必要な細工があらば、あの者に調製させよう。あの腕を経一巻で買い取ったとするならば安いものじゃ。」

「宝珠のみならず、相国殿直筆の経をも布施いたせば、あの者の妻女も喜んで浄土へ参ることでございましょう。されども……」

わずかに唇の端を吊り上げる。

「布施をするも、経を読むも、みな残された者の平安のため。それがなければ死者が困るというわけではありますまい。我々は、愛《いと》しい者たちがあの世で幸せに暮らしておると思いたいのですな。」

「だからと言って咎めるべきことでもあるまい。亡き者に出来る限りのことをしてやりたいのは当然のこと。まして、みまかるとは思ってもみなかった者が世を去れば、悲しみも深かろう。皆が皆、そなたのように心の強い者ばかりではない。」

「然様ですか。」

苦笑いを浮かべたが、ふと表情が和らいだ。

「かくのみにありけるものを、妹《いも》も吾《われ》も、千歳《ちとせ》のごとくたのみたりける。」[*1]

低く口ずさむ。古歌である。生命などはかないと知っていたはずだったのに、この日常が千年も続くように思っていた……

「世間《よのなか》し常《つね》かくのみとかつ知れど、痛き情《こころ》は忍びかねつも。」[*2]

＊1　＊2　『万葉集』大伴家持作

「いつになく雅やかじゃな、右衛門督。」

驚いた義兄が見返った。

「先刻、わしは重盛《しげもり》の母がみまかった時のことを思い出した。そう言えば、そなたは時実《ときざね》の母を失っておったか。」

二人とも、長男を産んだ最初の妻と死別している。

「人は亡くなるものにございます。」

一瞬のうちに、検非違使別当は皮肉で磊落《らいらく》ないつもの顔を取り戻した。

「世の中、生きた者と死んだ者しかおらぬのです。いつまでも嘆き悲しんでおっては身がもちませぬな。まあ、いずれは我等もみまかりますゆえ、それまではなるべく上手にこの生を泳ぎ切る算段をするに限りまする。さしあたっては、成親卿を大納言に推挙なさるのをしばしお控えなさいませ。」

「なるほど。」

珍しいものを見たように相手を眺めていた清盛は破顔した。

「経は手許に残らなんだが、そなたのおかげでことの次第が明らかになった。さすがじゃな。さて、夜も更けた。今宵は泉殿に留まらぬか。明朝には二位も戻る。久しぶりに姉ともゆっくり対面を……」

「いや、お心はありがたく思いますれど、いささか所用もありますことゆえ、早々に帰邸いたしたく存じます。姉君には、くれぐれもよしなにお伝え下され。」

断固として別当は答え、庭先に控えた検非違使尉を従えて立ち上がった。

四　憑坐《よりまし》

検非違使少尉山本俊清《けびいしのしょうじょうやまもとのとしきよ》は、常に検非違使庁に詰めているわけではない。別当《べっとう》に侍して内裏《だいり》や高位の公卿《くぎょう》の邸宅に同行することもあり、市中を見回ることもあれば、別当の私邸で待機することもある。その日、たまたま役所にいたのはむしろ偶然であった。門を出ようとすると、門番と押し問答している者がおり、ふと自分の名が語られているのが耳に入った。

「別当様がご不在とあれば、少尉山本俊清殿にお取り次ぎくださることはできまいか？わしは、典薬寮《てんやくりょう》の医師《くすし》丹波祐麿《たんばのすけまろ》と申し、判官《ほうがん》殿とはいささか面識のある者にて、決して面談をお断りにはなるまい。」

「不意においでなさって、すぐに取り次げと申されても無理でございます。本来役所では、よほどの大事以外はまず書面にて用件を申し述べられるようにとの決まりがございまして、それを差し置いて勝手に取り次げば、私が責を問われます。」

門番はにべもなく断っている。必死に頼み込んでいるのは俊清よりいくらか年上らしく見える水干《すいかん》の若者で、小脇に竹で編んだ籠《こ》を携《たずさ》えている。

はて、誰だったろうかと考えた。声にも顔にも、かすかに覚えがあるが、すぐには思い出さなかった。

「そうじゃ、鵺《ぬえ》の騒動の時に……」

鵺に襲われて手を負った童《わらわ》を手当てした医師ではないか。俊清は急いで近寄った。

「某《それがし》に何か御用でありましょうか？　御医師殿が役所においでとは？」

若い医師はほっとした面持ちで丁寧に礼をした。

「おお、判官殿！　失礼をかえりみずこのような場所にお訪ねいたし、まことに申し訳なく思いますれど、どうしてもお調べいただきたきことが出来《しゅったい》いたし……」

「何ごとにございますか？」

「わしが診《み》ておりました者が、昨夜何処《いずこ》かへ拉致されました。」

丹波祐麿は典薬寮の医師で、まだ若年なので通常は薬園《やくえん》で年配の医師について薬を調製している。市内にある小さな邸《やしき》に戻るのは三、四日に一度であるが、その時には周辺の家から病人が診てもらいにやって来る。祐麿の家の隣りには漆塗りの匠《たくみ》の家があり、老いた塗師《ぬし》の息子は祐麿とは童の時からの友であった。幼い頃牛丸と言ったが、今は光順《こうじゅん》と名乗る一人前の塗師になり、父の後を継いで見事な塗り物を作る。

「横着にも、毛ほどの傷であろうと、ごく軽い頭風《ずふう》であろうと、のこのこと我が家へやって参り、すぐにも死ぬるがごとくに騒いでは手当てをさせるのでございます。」

しかも、礼物《れいもつ》はいつも自分の作った塗り物で済ますのである。光順の塗り物は灯台であれ、唐櫃《からびつ》であれ、*高坏《たかつき》であれ、実に見事で不服はないが、それにしても、一度くらいは米や魚を持って来ても良いものではないか。

「ところが、数日来この者は珍しく重い風病を病みまして、湯水も喉を通らず、体内で火の燃えるがごとく熱くなり、咳《しわぶき》が激しくて夜も眠れぬ有様となりました。」

祐麿は塗師の家に泊まり込んだ。薬を調合し、額と身体を冷やし、老父に薬の煎じ方を教えて二刻（約四時間）ごとに飲ませた。若い医師は、友人の病が何であるのか、薬剤は何を用いれば良いのか、おおよそ見当はついていたが、あまりに高価な薬剤をあがなうことは、祐麿にも、塗師の親子にも無理である。出来る限りの手当てを施したが、光順の病は重くなる一方であった。二日の後、祐麿は薬園へ戻らなくてはならなかった。

「三日の務めを終え、家に戻りますと、なんと光順は拉致されており、老父がなすすべもなく嘆き悲しんでおりました。」

前日の晩、数人の黒い水干を着た者どもが入って来て、高熱で唸っている若者を担ぎ、どこへともなく連れ去ってしまったと言う。

「如何にしたものでしょうか？　判官殿、どうかお助けくだされ。一体どこを捜せば良いと思《おぼ》し召しますか？　わしは光順の父に、なんとしても連れ戻すと約定いたしてしまいました。」

「どこを捜せば良いかと申されても……」

俊清は困惑した。

「押し入って参った者どもに心当たりはおありか？」

「いえ、一向にございませぬ。」

＊　食物を盛る足のついた台

「夜盗の類《たぐい》か。奪われた物は?」

「当人一人を連れ去ったのみにて、ほかに奪われた物はございませぬ。家人は老いた父と、まだ童の弟、それにしもべの老人が一人おりましたが、傷つけられた者はおりません。」

「後に身の代として、金品の要求があったようなことは?」

「いまだそのようなことは……」

少し考えた。

「どこぞの酔狂な公卿が、腕の良い塗師を密かに集めて特別な仕事をさせようとの考えか?」

「ならば、健康な者を選びましょう。あの者は今、生きるか死ぬるかの境目におります。手当てもせずに仕事させれば、すぐにもみまかってしまいまする。」

「それでは、何ゆえに連れ去られたのであろう? その塗師は、何者かの恨みをかっておったのであろうか?」

「かの牛丸に限って、そのようなことはありませぬ。」

「仕事の上で同職の塗師と諍《いさか》いを起こしたようなことは?」

「一度もございませぬ。受けた仕事が多くて期限に間に合わぬ者を手伝ってやったり、材料が足りない者には自分の材料を分けてやったりしておりまして、皆に頼りにされておりました。」

「身内の争いに巻き込まれ、親族と疎遠になっておったようなことは？」

「全くありませぬ。気立ての良き者にて、親の世話を懇《ねんご》ろに見る孝行な男でございます。母が早くみまかり、頑固な老父と共に仕事場を守って参りました。今年二十四歳となり、近々隣家の娘と婚姻することも決まりまして、やっと苦労にも終わりが来たかと周囲も喜んでおりました。」

俊清はそれだと手を打った。

「その娘に傍から恋着しておった者が、婚姻をさせぬために拉致したということは？」

祐麿は首を横に振った。

「その娘は、誰ぞに恋着されるようなことはございませぬ。」

「何ゆえ然様《さよう》に思われる？　若い女人《にょにん》であらば心を寄せる男がおっても不思議ではあるまい。」

「わしの邸は昔から塗師の家と隣り合っておりましたが、娘の家は小路《こうじ》を隔てた向かいにございます。かの娘は鶴女《つるめ》と申し、我等とも幼馴染にて共に遊びました。気の毒にも、顔面に痣《あざ》があり、左からの半面はまるで物怪《もののけ》のようにて、それを暗がりで見て恐れおののいた童が失神したことさえございます。いたって心根の優しい、気のつく女人ではありまするが、我等のごとく、幼少から知っておる者でなければ嫁とすることはまずありますまい。」

天を仰いで溜息をついた。

「御医師殿、それでは探索のいたしようがない。盗人ではなく、恨みでもない。人買いが欲しがるような童や、麗《うるわ》しい女人ではなし、漆塗りの匠、しかも重い病を患う者を、わけもなく連れ去って如何するのじゃ？」

祐麿は目に見えて消沈した。

「判官殿でもご無理でしょうか？」

人の良さそうな医師ががっくりと肩を落とすのを見て、気の毒になった。

「御医師殿、あまり気を落とされるな。これから塗師の家まで参ろう。探索に心利いた者がおるゆえ、きっとその塗師の連れ去られた先を探ってくれよう。」

丹波祐麿の邸は、三条東堀川にある。周囲の坊は細かく分かれて小さな家が密集しており、その一角に件《くだん》の塗師の家があった。

俊清は放免《ほうめん》の守里《もりさと》を伴っていた。こういった探索に、この男はど目の利く者はいない。

家の半ばは漆塗りの仕事場で、壺、皿、筆などが散乱し、一つの壺は割れて、中からどろりとした黒色の液が流れ出ていた。何者かが壺を蹴倒したものと見え、はだしの足跡が残っている。

「その液にお触れなされぬよう。」

祐麿が注意した。

「漆の汁でございます。触れればひどく腫れ、かぶれて何日も眠ることすら出来なくなられましょう。」

足跡に指を付けようとしていた俊清は、慌てて手を引いた。どうやら、押し入った賊は仕事場を通り抜けて奥に寝ていた塗師の床までまっすぐに踏み込んだものと見える。熱のために朦朧《もうろう》としている匠の若者を担ぎ上げると、驚いて止めようとした家人を突き飛ばしてあっという間に姿を消した。六人であったと言う。

連れ去られた匠の父に詳しく事情を尋ね、老いたしもべにも尋問したが、医師の話以上のことはわからなかった。すると、十二、三に見える弟が言った。

「鶴女は賊を見たそうにございます。」

家の奥で、袖に顔を隠して泣いている女がいた。匠と婚姻するはずであった鶴女であろう。古い単《ひとえ》に粗末な褶《*しびら》を着け、髪に布を巻いている。

「そなたは光順が連れ去られるのを見たのか？」

こちらを振り向いた女の顔を見て、俊清は思わず身を引いた。左目の上から鼻と頬にかけて、青紫の痣が半面を覆っており、その中で目だけがきらりと白く光っているのがひどく異様に映る。相手を驚かせたのを知って、女はまた袖で顔を隠し、壁の方を向いてしまった。

「済まぬことをいたした、許されよ！」

俊清は慌てて謝った。不意だったとはいえ、鶴女が痣を持つのは知らされていたことである。

「私の顔を御覧になられた方は皆驚かれます。慣れておりますゆえ、お気遣いなさいませぬよう。」

女は小さな声で答え、袖で半面を隠しながら向きを変えて右半面を見せた。こちらは全く普通で、下膨《しもぶく》れの可愛らしい娘である。

「そなた、盗人を見たというはまことか？」

「連れ去られたのが光順殿とは気づきませんでした。」

娘は時折しゃくり上げながら答えた。

「夜も更けておりましたのに、表が騒がしいと思い、覗いてみましたところ、何人かの者どもが二条の方角へ去って行くのを見ました。何かを担いでいると見えたのは、今思えば光順殿だったのでございます。何ごとかと恐ろしく、後を見送っておりますと、舅様と寅丸が家からまろび出て参り、光順殿が攫《さら》われたと叫びましたので、急いで二条まで駆けてみましたがもう何者の姿もございませんでした。」

悔しさと悲しさのあまり、痣のある半面を隠すのも忘れ、ぽろぽろと涙を流している。

「私がすぐに追って行けば、光順殿が連れて行かれた先がわかったものを、私は不甲斐な

＊　腰から下にまとう服

く恐ろしさに竦《すく》んでいたのでございます！」

「己を責めるではない。役人でもないのに、深更に盗賊を追って行く者などおらぬ。」

俊清は思わず慰めの言葉をかけた。醜いが健気《けなげ》な娘が気の毒であった。紫色の痣は、もう全く気にならなかった。

「賊が二条の方へ向かったとわかったのだ。それだけでも手掛りと申すものじゃ。」

「判官様、二条へ行って参ります。」

黙って聞いていた守里が、上役に礼を施し、すぐさま家を出て行った。

「御医師殿、この者たちはしばらく休ませた方が良いのではあるまいか？　老人や女人がいたずらに気を揉んでも如何ようにもならぬ。守里は探索に長《た》けた者ゆえ、必ず何か探り出して参ろう。我等は役所に戻り、守里が帰るのを待つのがよろしかろう。」

「如何にも然様でございます。判官殿は先に戻られませ。わしは老人に薬を煎じ、落ち着かせてから参りまする。」

守里が戻って来たのは酉《とり》の刻（午後六時）を回っていた。いらいらと待っていた検非違使尉と薬園の医師は、すぐにも報告を聞きたがったが、守里の表情は何やら不審気であった。

「昨夜、子《ね》の刻（真夜中の十二時）頃に、堀川小路をやって来た一団が中御門大路《なかみかどおおじ》を内裏とは反対の方向へ曲がるのを見た者がおりました。大きな荷を担いでいるように見えたので、後を付けたそうにございます。」

「ほう、それは運が良かった。よく、そのような真夜中に通りにおった者を探し当てられたな。」

守里は苦笑いした。

「そういった生業《なりわい》を持つ者どもに尋ね回ったのでございます。」

「とは？」

「まことの夜盗でございます。彼等は己の縄張りで他の盗人が仕事をいたすのを嫌いますゆえ、奪った荷を担いだ者が夜間通りを徘徊いたそうものなら、後をつけてもう一度それを奪うのでございます。」

「夜盗に物を尋ねたのか！」

「はあ、取り引きをいたしました。」

「取り引き？」

「はい。今の別当様の間は大きな仕事は何もするな。騒動を起こせばすぐにも捕えてくれるぞ。別当様が代わられたら、何をやっても良い。三回は見逃してやろう、と申しました。」

二人とも、開いた口がふさがらなかった。

「そこで、中御門大路でございますが……」

守里は首をひねっている。

「後を追って行った盗人は、途中でこれは同業の者ではない、素人だと気づいたそうにございます。六人いた黒衣の者どもは、夜動くことに全くなれておらず、見るに耐えぬ歩き振りで、とうとう途中で小さな松明《たいまつ》に火を灯《とも》したのには呆れ果てた、我が生業には矜持《きょうじ》を持っておるに、あんな素人が堂々と仕事するとは世も末だ、と。」

「盗人が矜持など持たずとも良い！」

俊清は呆れて怒鳴った。

「そんな生業に自信を持たれてはかなわぬ。守里、その話、決して別当様にお話し申し上げてはならぬぞ！　面白く思し召されて、会ってみたいなどと言い出されかねぬ。」

「心得ております。」

　医師は目を丸くしている。

「その盗人は、松明を灯した者どもが前《さきの》内大臣様のお邸に入って行ったと申すのです。」

「中御門の内大臣様のか？」

　前内大臣正二位藤原《ふじわらの》宗能《むねよし》。この年八十四歳。やはり内大臣であった藤原宗忠《むねただ》の息子。十八歳で昇殿して以来歴代の帝に仕え、参議《さんぎ》四年、中納言十六年、大納言十三年、内大臣を四年務めた練達の政治家だが、長寛《ちょうかん》二年（一一六四）八十歳で職を辞し、嫡男宗家《むねいえ》を正三位に推挙して隠居した。邸の場所から中御門の内大臣と呼ばれている。

「検非違使庁の者が理由なく内大臣のお邸に踏み込むことは出来ませぬゆえ、仕方なく立ち戻りました。」

　まさか、後をつけていた夜盗から聞いたとは言えない。

「光順は、内大臣様になんぞ失礼を働いたことがあったのであろうか？」

「あるはずがございませぬ！」

呆気に取られた医師が叫んだ。

「然様な雲の上の方々に、一介の塗師が御目にかかれるはずはありませぬ。」

まるで狐につままれたように、三人は顔を見交わした。

「いかがいたせばよろしゅうございましょう？　放置いたしておかれますか？」

放免が尋ねる。

「塗師の父親、許婚《いいなずけ》、弟どものことを思えば、放置などしたくはないが……」

「なれば……」

と守里は言った。

「別当様にお尋ね頂くほかはありますまい。」


「宗能卿《むねよしのきょう》のお邸だと？」

従三位右衛門督《じゅさんみうえもんのかみ》にして検非違使別当平時忠《たいらのときただ》は、揃って面談を乞うて来た下役と薬園の医師の話を聞き終わって首を傾《かし》げた。

「中御門の大臣が、塗師に何の用があるのじゃ？　あのお館《やかた》で漆塗りが必要な普請《ふしん》があったとは聞かぬぞ。」

「たとえ普請のために塗師がご入用としても、あの者はお役には立てませぬ。重い病でございます。」

祐磨は汗をかいて説明した。

「今日明日とは申しませぬが、早く連れ戻して手当てを続けねば生命にかかわりまする。」

「病か……」

検非違使別当は何か思い出したようであった。

「確か、宗能卿も重い病であったはずじゃ。先だって、そのために出家されておる。」

「同じ病でおわすため、症状の比較などなされたいとの思し召しでございましょうか?」

「その塗師とやらは如何なる病なのじゃ?」

「風病の一種にございます。咳が激しく、高熱を発し、衰弱いたしております。十分に休ませ、冷水にて冷やして熱を取り、朴《ほお》、韮《にら》などを煎じて飲ませ、滋養のある物を与えて力を付けさせれば一年を出ずして回復いたしましょう。されど、治療には高価な食餌が必要となりますので、なかなか回復は難しいかと。」

「どのような食餌が必要なのじゃ。」

医師は困ったように指を折った。

「まず、酪《らく》。」

牛の乳を煮詰めた物である。大量の乳を用いてもごくわずかしか取れぬため、非常に高価である。

「鳥、魚の肉を羹《あつもの》にいたし、汁のみを飲ませ、飯《めし》は汁粥《しるがゆ》にし、細かくした薬草を入れて煮込みまする。茸《きのこ》、鮑《あわび》、干し貝、鶴の卵を入れることもございます。柑子《こうじ》の実を食させ、汁を水に割って飲ませ、皮を甘草《かんぞう》[*1]と共に煮て服用させます。蘇蜜《そみつ》[*2]、菓子などの甘い物も滋養となります。」

「なんと羨ましい病じゃ！」

俊清が驚いて声を上げた。

「そのような物、我等とて滅多には口に出来ぬ。」

「それゆえに家人たちも苦労いたしております。新鮮な魚はなかなか手に入らぬため、弟が毎日川で小魚を捕え、干して貯えた物を汁にしたり、鶴女は豆を煮てすりつぶし、餅のようにして与えたりいたしておりますが、まだ思うような効き目は現れませぬ。」

「それでは、同じ病ではあるまいな。」

時忠は片方だけ唇の端を吊り上げた。

「確かに高価な食物じゃが、塗師の一家に無理であっても前内大臣が用意出来ぬ物ではなかろう。食養生が問題であれば、同病の者を探してまで調べる必要はあるまい。内大臣家には、宮中よりそなたの師に当たる侍医、*3陰陽博士《おんようはかせ》、*4呪禁師《じゅごんし》などが派遣されておる。風病ならば診立てはそなたと変わるまい。」

「快方に向かわれておられますので？」

別当は肩を竦め、我関せずといった風を見せた。

「さて、かの卿は矍鑠《かくしゃく》とした御仁じゃが、何分にもご高齢でな。そろそろ御仏も待ちくたびれておわすのではないかの。」

「別当様！　何とぞ御力をもちまして、中御門の大臣様に、我が知り人の行方のみにても

＊1　マメ科の多年草の根からとる漢方薬　＊2　乳製品と蜂蜜　＊3　陰陽寮の教官
＊4　典薬寮の職員で、病を呪いで取り除く

お尋ねくださるわけには参りませぬか？　卑しき者にはございますが、良き子、良き兄、良き許婚にて、このまま行方が知れなくなってはあまりに哀れでございます。」

祐麿は必死であった。内大臣家の者に事情を尋ねられるのは、同じ雲上人に限られるであろう。しかし、一介の匠の生死を宮中で話題にするなど、通常はまずあり得ぬことである。

「わしが塗師の行方を探索いたすのか？」

別当は皮肉な笑みを浮かべて恐縮する医師を見た。

「いや、わしよりも任に適したお方がおる。」

「と、仰せられますと？」

「内大臣家に参られた陰陽博士は、掃部頭殿《かもんのかみ》じゃ。」

安倍《あべ》氏の長老である掃部頭安倍時晴《あべのときはれ》は、すでに七十を過ぎているが、折に触れて命を受け、朝廷より遣わされて怨霊《おんりょう》を祓《はら》ったり、吉凶を占うために功臣の邸を訪れる。この老人が、数日前に病を祓う目的で藤原宗能の中御門邸へ赴いたことを時忠は知っていた。偏屈なところのある老博士に時忠は好意を持っており、常々意見を求めてはいるが、面談する際にはいつも、かなりの緊張と心配りを要する。

「基茂《もとしげ》。」

翌朝早く、出仕前に陰陽博士の邸を訪問することにした時忠は、家司《けいし》の平基茂を呼んだ。

「昨日、猟師より山鳥を四羽求めたと申しておったな。二羽ほど籠に入れ、雑色《ぞうしき》に持たせる用意をせよ。土御門の掃部頭殿のお邸へ参る。」

「殿様に召し上がっていただこうとやっと捕えさせましたあの肥えた山鳥を、二羽も差し上げておしまいなさるか？」

老人は目を剥《む》いて文句を言った。

「あれほど見事な鳥は近来見ませせぬに、探させる我等の苦労もお考え下され！」

「狼ではあるまいし、わし一人で四羽も山鳥を食せるものか。」

時忠はのんびりと言い返した。同じ気難しい老人でも、幼少の時から身近にいる基茂を説得する技《わざ》は身に付けている。

「それに、知っての通り、あの陰陽博士殿は失礼があれば烈火の如くお怒りになろうぞ。

呪《まじな》いなどかけられてわしが脚を折っても良いのか。」

いつものように言いくるめようとなさる、と、基茂は不機嫌にぶつぶつ言いながらも、鳥を包ませに去った。

右衛門督の牛車《ぎっしゃ》には、この朝、気掛りな面持ちの検非違使尉と薬園の医師が随行している。俊清は、以前老陰陽博士に会ったことがあるのだが、気軽に頼みごとをすることが出来そうな人物にはとても見えなかった。

門番の男に来訪を告げ、主《あるじ》に面談を求めさせると、右衛門督は不安気な随行者たちを振り返った。

「ことの次第を御説明申し上げるために、その方等も博士殿に御目にかからねばなるまいが、ご機嫌を損ねたとみればすぐさま退出せよ。決して弁解や抗弁いたしてはならぬ。しかとわかったか?」

「相わかりましてございます。」

ますます不安そうな二人を連れて時忠は掃部頭に挨拶したが、案に相違して老人はそれほど不機嫌ではなかった。持参した肥った山鳥のせいかも知れない。

「今朝は膝がそれほど痛まぬ。」

時晴はさばさばとした様子で座に着きながら言った。

「さて、今日はいかなるご用件じゃ、右衛門督殿。わしがここしばらくのうちに手掛けた卜占《ぼくせん》か祓えについてのお尋ねか？」

「如何にも然様にございます。」

「中御門の内大臣殿に関してのことかの？」

これには時忠も驚いた。

「何ゆえおわかりになったのでございますか？」

「後ろに控えおる者ども、一人は先ほどもお連れになった検非違使庁の若者じゃ。もう一人は、時折典薬寮に出入りいたすのを見たことがある。たしか、医師にして薬園師丹波忠重殿の弟子であろうが。わしの許へ医師が尋ねに来ることと言えば、最近診た重病についてであろうと思うのが当然じゃ。」

「御慧眼、畏れ入ります。さすが、音に聞こえた掃部頭殿の憶《おぼ》えのたしかさはいまだ衰えておられませぬな。」

「一度目にしたひよこどもの顔も覚えられぬようでは、何千もの呪文や真言を頭に収めておけるものか。」

老人は面白くもなさそうに言った。

「そこで、仔細を伺おうか。」

事情が話された。陰陽博士は眉を顰《ひそ》めて聞いていたが、一体何ゆえ前内大臣が漆塗りの匠を必要とするのかは老人にも見当がつかなかった。

「わしの見るところ、宗能卿の御病《いたつき》はやはり風病じゃ。だが、その匠の病とは違い、中風じゃな。左の手、左の足が痺《しび》れて動かず、口の半分が歪んで言葉が滑らかに話せぬ。じゃが、内大臣家では怨霊か物怪が憑いたと思っておる様子にて、なんとか祓ってはくれまいかと言われるゆえ、それなりの祈祷はいたしたが、すべてを祓うにはいたらなかった。」

腹立たしげに宙を睨む。

「怨霊など、何百と憑いておろうよ。あれだけ長く政《まつりごと》の中央に坐っておられればな。政に携わって呪詛されなんだ者など、まずおらぬ。そなたも気を付けられよ、右衛門督殿。そなた様は傲岸不遜なお人柄ゆえ、恨まれることも多かろう。」

「その時には、掃部頭殿に祓っていただきまする。」

時忠は苦笑して言った。もともとこの男は、それほど鬼神《おにがみ》を信ずる方ではない。

「この度の御祈祷は、掃部頭殿のみで為されたのでございますか？」

「わしのほか、宮中よりの呪禁師、叡山より招聘《しょうへい》されたる阿闍梨《あじゃり》、さる神社の禰宜《ねぎ》、そのほか数え切れぬほどの者どもがおって、足の踏み場もなきがごとくであったわ。」

憤懣やるかたない様子である。

「ただ、大人数で祈祷さえすれば祓えるかと申すものではない。まあ、一人が一つづつ取るに足らぬ物怪を追い出したとしても、大分減りはしたであろうよ。されど、真に恐ろしい怨霊はいたずらに大勢で祈っても退散するものか。祓う者が必死に正面から対決して、死ぬる思いの戦いをいたさずば、しつこい霊は出て行かぬものじゃ。だが、それはまあ良い。宗能卿の病は、怨霊によるのではなく、悪風が入ったものなのじゃからな。腕の良い医師に投薬させ、後はご自身が、手足を動かせるよう辛抱強く努力するしか方法はあるまいと申してやったに、馬鹿な息子殿は聞く耳を持たぬ。一日も早く治らずば困ると言いよる。」

「宗家卿《むねいえのきょう》ですかな？」

正三位中納言藤原宗家。宗能の嫡男で、この年三十歳である。つい先日の除目《じもく》*1で、権《ごんの》中納言から中納言へ昇進した。ちなみに、この時の除目で時忠は権中納言に上っている。家柄のせいで特に能力もないのに出世が早いこの若者に、気難しい陰陽博士は好印象を持っていないようであった。

「思うに、後ろ楯を失うのが恐ろしいのであろう。まだ一人では立って行けぬということを、豎子《じゅし》*2は豎子なりにわかっているのであろうよ。」

「お若いので経験ある父君に頼っておいでなのですな。」

時忠は言ったが、その目は全く同情的ではない。親に助けてもらわなければ政が出来ぬなら、最初から引っ込んでいろと言わんばかりだ。

「それでは、父君の位までは到達出来ませぬな。いや、残念な。」

「父の内大臣殿は、まあ、そこそこの政はこなしたお方じゃったがの。わしより年長で、いまだご存命なのはあの方くらいなものじゃ。」

「中納言殿は父君のために、いまだに怨霊祓いをなさっておられますか？」

「そのようじゃ。」

「宗能卿は持ち堪《こた》えると思し召さるるか？」

「霜月《しもつき》を越されればな。かの卿は、応徳《おうとく》二年（一〇八五）、五節《ごせち》[＊3]の頃に生まれたと聞く。八十四歳じゃな。人は、生まれ日の近くにみまかることが多い。そこを乗り切れば、一年は持つじゃろう。」

　右衛門督は、腕を組んで考え込んだ。時晴が内大臣家を訪ねたのは、光順が攫われる何日も前である。匠の拉致について、老博士が関わりあることを知っているはずはなかった。

「たかが匠の身の上とは申せ、中納言殿が、ご自分の好き勝手に市井《しせい》の者を連れ去るのを見逃すのは検非違使庁を預かる者として業腹《ごうはら》でございますな。」

「命じたのは宗家卿かの？　父君ではなく？」

「何ゆえにかの塗師の身柄が必要かは知れませぬが、父君の前内大臣殿であらば、かくかくの理由につき、そちの力が必要じゃと仰せられて呼び寄せられるのではないかと思いまする。それに、内大臣殿はずっと床におつきとのこと、激しい風病の初期に、何か命じた

＊1　任官の儀式　＊2　青二才　＊3　新嘗祭、大嘗祭

り、企まれたりなさる気力があろうとは思われませぬ。」

「確かに、倅の方がいたしそうじゃな。」

「やはり、私が直々に宗家卿にお尋ね申すのがよろしいかも知れませぬ。」

時忠は老いた陰陽博士に向き直った。

「お願いがございます。中御門の中納言殿にお尋ねをするに当たり、口実として掃部頭殿の御名を出すやも知れませぬが、お含み置きくださるか？」

「かの中納言殿が慌てる様子を見られるなら、名を貸してやってもよい。ことが納まったら、報告しに参られるのを忘れずにな。わしとて、ここまで聞けば何ゆえ重病の塗師が必要なのか、知りたいゆえ。」


「掃部頭様にも、光順を連れて行かねばならぬ理由はおわかりにならぬようでございますな。」

牛車に乗ろうとする時忠に向かって、俊清がしょんぼりと言う。

「わからぬと、疑心暗鬼となりまするな。生き血を搾《しぼ》って薬とされているのではないかとか……」

「なんというおぞましきことを言われる！」

祐麿が憤慨して叫んだ。

「鯉の生き血を飲ませるのとはわけが違いますぞ！　人の血など、薬になるものではございませぬ！」

「されど、前内大臣様と御医師殿の知己の若者、どう考えてもお互いに関わりが生ずるとは思えませぬ。共に病を患うのみ、されど、同じ病ではないとのこと。大臣様の薬としてかの若者が役立つとでもいうのでなければ、何ゆえ連れ去られねばならぬのでございますか？」

検非違使別当は唇の端を吊り上げた。

「それを、これから調べようと申すのじゃ。わけのわからぬ事柄を解きはぐすのも面白いではないか。」

その日の朝議はさしてこともなく済んだ。時忠は、一同が退出し中御門の中納言宗家が牛車の方へ向かうのを見定めると、追いついて後ろから呼び止めた。

「しばし、時をお貸しいただけませぬか？　お頼み申したきことがございます。」

新任の中納言は、びくりとして何ごとかと振り向いた。自分より九歳年長の同僚を見て、不思議そうに立ち止まる。表情に微《かす》かに見下げる風が見えるのは、時忠の出自が彼よりもずっと低いからである。特に時忠に対してだけではなく、誰に対してもそうなのだ。大貴族の嫡男として育ったこの人物は、気が小さいくせに傲慢で、自制が出来ない。

「何か御用か？　右衛門督殿、すぐに邸へ戻らねばならぬのだが。」

「突然のお頼みにて、真に礼を失してはおりまするが、お邸へ同行させていただくわけには参りますまいか？」

宗家は驚いて目を見張った。

「それは急なお申し出じゃ。重要な御用事とあらば一向にかまわぬが、ご存知のごとく、我が父は目下病中にて……」

「それゆえ、お邪魔致すのは大層心苦しいが、実は方違《かたたが》えをせねばならず、卜占の結果、本日数刻の間留まるべき場所がなんとお邸の中なのです。」

その日の吉凶を占い、どうしても凶事が起こりそうな方向を避けるために、一定期間別の場所に滞在してから本来の場所へ向かう方違えはごく普通に起こることだった。その期間を知人宅の訪問で費やすのもよくあることだったので、宗家は特に疑いを抱かなかった。ただし、この日、彼には何か所用があるらしく、眉を寄せて少々迷惑そうな様子を見せた。

「今、すぐにおいでなさるか？　客殿の用意も出来ておりませぬゆえ、一刻ほど後では？」

「今朝、不意に、本日は夕刻まで中御門の大臣邸に留まらねばならぬと言われたのは掃部頭殿にて、本来ならば、私は既に病にかかっておっても不思議はないのだが、今すぐに所を変えれば何とか助かる、と。何ゆえ中御門のお邸に参らねばならぬかと申せば、本日、御貴邸には病を追いのける気が見える。すぐにご訪問あるべし、と強く言われましてな。」

「あの老人ならばさもありましょう。」

宗家は辟易《へきえき》した顔をした。

「先だって、父の病本復《ほんぷく》を祈って下されたが、あまりに独善的で悠長なので、大層困り申した。安倍氏の長老であれば、早々にお引取り頂くわけにもいかず、難儀でありました。」

「まことに。」

当人が目の前にいないのを良いことに、時忠はしかつめらしく相槌を打った。

「無理難題を押し付けらるる上、寸分違わずに言われた通り行わぬと、後で激怒なさる。お年のせいかとも考えましたが、聞くところによると、かの博士殿は、既に若年よりそのような癇癪《かんしゃく》の持主であったとのこと、はたの者の困惑、思いやられまする。」

時晴が聞いたら、それこそ激怒するであろうが、涼しい顔で悪口を言ってみせる。

「いかにも、いかにも。」

宗家は嬉しそうに笑みを浮かべた。不在の知り人の欠点を一緒になってあげつらうほど楽しいことはない。

「あのご老人、早々に引退なさるべきじゃな。陰陽家の家に生まれなければ、武士《もののふ》か鍛冶にでもなっておるのがふさわしいお方と見た。」

「されども、卜占の才には天性のものがおありとか。占って十のうち一つもはずすことなしとも言われております。それゆえ、貴邸への訪問のこと、曲げてご承諾くださるまいか。夜分には退散いたしますゆえ。」

「そのような次第ならば、よろしい、すぐにも同道いたしましょう。」

宗家はすっかり信用した。頼み込んで来た右衛門督は、家格は下とはいえ、先頃践祚《せんそ》にともなって帝の外戚となった男である。貸しを作っておいて損はないであろう。

「祈祷の声が少々騒がしいが、それは御容赦あれ。」

大内裏の待賢門を出ると、すぐに中御門大路が延びている。少し行けば前内大臣宗能の邸宅がある。嫡男の中納言宗家はほかにも邸を持つが、ここ数年のあいだ父の邸を動いていない。牛車を連ねて門を入った時忠は、奥からひっきりなしに響く鐘の音と祈祷に耳をすませた。

「御父君のご容態は如何か?」

「手足に痺れがあり申して、なかなか消えぬのです。」

宗家の声には苛立ちがある。父の内大臣が健在か否かは、朝議の場での力関係に大きな影響が出るのだ。

「されど、あのように祈祷させておるゆえ、快方に向かうでありましょう。」

「御病は物怪によるものでございまするか?」

何食わぬ風情で問い掛けてみる。

「然様、そのように思われる。先に興福寺より参られたさる阿闍梨が、すべての物怪が体内より出れば、父の快癒は間違いなしと申された。これで二月《ふたつき》、あらゆる手段で祓っております。」

枕もとで二月も騒がしく祈祷されていては、それだけで病になりそうだ、と時忠は思ったが、何も言わない。どうせ他家のことである。

病人が臥せっている一角からなるべく遠くの一殿が用意された。宗家は客人を導いて座に就かせたが、後から控えめに従う二人の随員を見て、不思議そうに問うた。

「その者ども、右衛門督殿の家人《けにん》ですかな？　一人は医師のようだが？」

「掃部頭殿に、いつ何時病に倒れるかも知れぬと脅されましたのでな。」

時忠は平然と答えた。呆気に取られる随員を鷹揚に見返りながら述べる。

「急な変事に備えて供を申し付けました。何ごとか起きてから医師を呼ぶのでは手遅れと申すもの。この医師、若輩ながらなかなかの腕前の持主でございます。しかし、もちろん御当家に侍《はべ》るほどの身分ではございませぬ。内大臣殿には、当然都中から名医が付き添われておいでと存ずるが、ご当家に滞在中、下部《しもべ》や雑色に病人がおればいくらでも治療いたすと申しておりますゆえ、ご遠慮なくお使いくだされ。」

「その由《よし》、家司に申しておきましょう。」

宗家は答えたが、いきさつがわかると、もはや若い医師には興味を失ったようであった。

「客人をおいて中座いたすは失礼ながら、父を見舞って参らねばならぬ。どうか、ゆるりと寛がれるよう。」

俊清と祐麿は、低く頭を下げて邸の主が立ち去るのを送った。足音が遠のいたとたんに検非違使別当が声を掛ける。

「祐麿、早う行って参れ。」

「は？　どちらへ参ればよろしいので？」

「何を聞いておったのじゃ。わしがその方を伴ったのは本当に急な病を心配してのことじゃと思っておるわけではあるまい。薬籠《やくろう》は持参しておろうな？　中門へ行き、館の御主のお許しを得たので、病にかかっておる下人、雑色を診に参ったと申せ。あわよくば光順を見つけることが出来よう。」

若い医師ははっと背筋を伸ばした。

「かしこまりました！　すぐにも行って参りまする。」

「別当様のご深慮、我等には及びもつきませぬ。」

俊清は感心して言った。

「初めからそれを目指されて、中納言様に同行されたのでございますな。」

「それぱかりではない。」

別当は何か考え込む様子であった。

「俊清、そなたも中門へ参れ。医師に付き添って来たと申せば良い。詰めておる侍か雑色に、それとなく尋ねるのじゃ。大殿のためにこの数日、何人の祈祷師が怨霊を祓ったか、その際立ち会ったものは誰か、祈祷師に伴われて邸に入った者はおるか、邸から出た者はおるか、今祈祷しておるのは誰か、とな。」


時忠の牛車は、申《さる》の中刻（午後四時頃）には内大臣邸を出た。牛をゆっくり歩ませるようにと牛飼いに命じた別当は、左の物見を開いて、脇を歩く者たちの報告に耳を傾けた。

「光順を見出すことは出来ませんでしたが、攫った賊の一人を発見いたしました!」

祐磨が興奮した声で言った。

「雑色の一人が、片足と脇腹、腕まで真っ赤に腫らしてやって参り、昨夜よりひどい病に罹《かか》り、痛みで眠れぬと訴えました。あれは漆による爛《ただ》れにございます。生漆《きうるし》の壺を蹴倒して漆に踏み込んだ賊がおりましたな! あの者に違いありませぬ。腹立たしくはありましたが、薬を渡してやり、用い方も伝授してやりました。そのほかにも、軽くはありますが、漆かぶれだと思われる者が二人参りまして、薬を求めました。漆には、強い者と弱い者とがおり、じかに触れれば誰もがかぶれますが、触れずとも、漆に弱い者は木や搾った汁に近づいたのみにて皮膚が赤く腫れあがるのでございます。あの邸に光順が居りますのは間違いありませぬ。」

「某は、中門におりました侍のうちに旧知の者を見出しましてございます。」

替わって俊清が述べた。

「大番《おおばん》にて相模より参っております武士で、冬には相模へ戻り行くのでございますが、それまでの間、内大臣様のお邸に勤めおるとのことでございました。昔語りをいたしつつ、大殿様の御病平癒のために参られた祈祷師、医師は何人ほどかと尋ねましたところ、十日ほど前までは数え切れぬほどの方々が、来ては去られたそうにございます。ところが、ここ数日、祈祷なさっておいでなのは豪順《ごうじゅん》と申される阿闍梨のみ、その供の僧が三人、身の回りを世話する稚児《ちご》が二人詰めているとのこと、引き続いての祈祷で、既に八つの怨霊が祓われたそうでございます。祈祷には、ほとんどの場合ご嫡男の中納言様が立ち会われました。時折、侍僧のうち一人が寺へ手伝いの稚児を連れて帰り、もう一人は市中へ何かを調べに出かける由、寺へ帰った僧が次に戻る際には新たな稚児を連れて参るそうで、阿闍梨ご自身は邸から出ておられませぬ。」

「十日も続けて祈祷しておるのか？」

「一日か二日毎にしばらく休まれ、侍僧が戻ると次の祈祷に入られるとのことでございました。」

「侍僧が戻るととな？」

物見の中の横顔は首を傾げた。眉が寄せられ、顎に手が当てられ、指が無意識に形の良い口髭を撫でているのが見える。この公卿の頭の中では、今報告した事柄のすべてが組み立てられたり、ほぐされたりしているのであろう。やがて、すべてがきちんと組み上がった時、別当の口からことの次第が説明されるであろうことを俊清は疑っていない。

一町ほど歩いた時、牛車の中ではたと膝を打つ気配がした。

「祐麿。」

「はい。」

「光順の幼名は何と申した？」

若い医師はきょとんとした顔で別当を見返したが、すぐに答えた。

「牛丸と申しました。」

「二十四なのだな？」

「然様にございます。」

「やれやれ、面倒な。」

溜息をついたようである。

「車を廻せ。掃部頭殿のお邸へ参る。」

「かの塗師は久安元年《きゅうあん》（一一四五）に生まれております。」

再度来訪した土御門の時晴邸で、時忠は主に向き合っている。

「前内大臣殿は白河院の御時、応徳二年のお生まれでございましたな。大臣と塗師との関わりなど、あろうはずもございませぬが、たった一つ同じなのは、＊乙丑《きのとうし》の年に生を享《う》けたことにございましょう。おそらく、生まれ日も同じなのではありますまいか。」

「牛丸の生まれましたは霜月の半ばでございます。」

後ろに控えた祐麿がおずおずと言った。

「宗能卿は、五節の頃のお生まれじゃ。」

霜月の半ば、丑の日に、五節の舞姫が宮中に参入し、舞を奉る。

「丑の年、丑の日に生まれたのですな。塗師の幼名はそれを物語っております。」

「されども、内大臣様と同じ乙丑の者を探して、如何にいたしまするので？」

俊清にはわけがわからなかった。

「ありがたくも珍しい偶然ではございますが、そのような者、探せばまだまだ見出すことが出来ましょう。何も、光順を攫って行く必要などございますまい。」

「憑坐《よりまし》じゃな。」

「おそらく、憑坐であろう。」

検非違使別当と掃部頭は、同時に同じ推測を口にした。

「よりまし、でございまするか？」

俊清は首を傾げたが、祐麿は別当の言葉に思い当たるところがあったらしい。

「お言葉ではございますが、別当様、怨霊祓いのための憑坐は、巫女《みこ》か稚児のごとき非力な者が務めるのが普通でございます。医師も時折物怪を祓わねばならぬ場合がありまするが、同じ干支の者を探して務めさせるなど、先例を聞きませぬ。」

「豪順とやら申す阿闍梨も、初めは稚児に憑坐をいたさせておったのであろう。」

難しい顔で別当が言う。

「二人の稚児を伴って邸に入り、時折侍僧に稚児を入れ替えさせておる。そう立て続けに何回も物怪に憑かれておっては身がもたぬからな。」

人の身体に取り付いて災いをなす怨霊や物怪を祓うためには、祈祷によってそれらを身

＊　干支の組み合わせ六十の二番目

から引き剥がし、傍に置いた女人や童に乗り移らせるのである。その人々を憑坐と言う。その上で、法力や説諭によって、物怪を去らせる。物怪は、時に喚《わめ》き狂い、走り回り、打ちかかって来たりするので、祓う者は、物怪を憑かせた憑坐を打ち叩いたり水に浸けたりして、迷惑な霊を身体から追い出すのだ。

「物怪や怨霊が憑坐に憑くか否かは、祈祷する者の力量によろうが、憑坐自身の体質にもよるものにて、よくその身に異界のものを添わせることの出来る者、出来ぬ者がおる。」

陰陽博士が、何も知らぬ者どもに言い聞かせた。

「術者が憑坐を用意せぬ場合、物怪が患者の近くにおった女房や下部などに憑くこともある。そういった者は、たまたま憑坐に向いた性向を持っていたのじゃ。この度、阿闍梨殿が伴った稚児にも、よく物怪を憑ける童と、そうでない者がおったに違いない。だが、よく憑ける者にしても、一度憑坐を務めれば一日は休ませねばならぬ。稚児どもには、払う度に一つづつ、様々な怨霊が憑いては去って行ったであろうが、先に申した通り、あれほど長く政に携わり、政敵を出し抜いて参られた内大臣殿じゃ。いくら祓ってもきりがないのじゃろう。そこで、阿闍梨殿は宗能卿と似通った星の持主を探し、その者の生気を大臣殿に移し、かわりにすべての怨霊をその者に移し替えてしまわんと企んだのじゃな。」

「移し替えてしまうことが、出来ましょうか？」

「今回は無駄じゃ。」

博士の答えはにべもない。

「祐麿とやら、そちも医師ならば、たとえ嘴《くちばし》は黄色かろうと、重い中風の病に罹った者が怨霊を祓ったとたんに元気に歩き出すなどあり得ぬと知っておろう。悪風が入って十日は動かすことなく、そっと休ませる。枕もとで足音を立てることすら忌むべきじゃ。その後は、痺れた手足を倦むことなく動かし、慣らし、わずかづつ以前の動きを取り戻していく。快癒の方法はこれのみじゃ。近道はない。」

「塗師の星は、内大臣殿と似通っておるのでございますか？」

検非違使別当にして右衛門督の問いである。

「丑年の属星《ぞくしょう》＊は巨門星《きょもんしょう》じゃ。本来、一番似通っておるのは同じ八十四歳の者であろうが、宗能卿と同年の丑年生まれなど、生きておったとしても、当人以上によれよれの老人であ

＊　その年の星で、生年の星がその人の運命を支配する

ろうよ。六十も下の巨門星ならば、今少し生きが良いかと考えた。愚か者の考えることはかくも浅はかじゃ。わかるであろう、今年は巨門星の者は星回りが悪い。現にその塗師とやらも病に罹っておると聞く。せっかく探し出した憑坐も、本年はよれよれで、生きが悪いに決まっておる。」

「生簀《いけす》の魚ではございませんぞ。」

右衛門督は苦笑した。

「そこで、かの塗師を取り戻すには如何にすればよろしいとお考えで？　宗能卿の御病は怨霊や物怪のためにはあらず、いかに卿と同じ星を持つ憑坐を立てても無駄じゃと、宗家卿を説き伏せることが出来ますかな？」

「言うたじゃろう、愚か者に何を説き聞かせてもわかろうはずはない。中御門の中納言殿には既に一度よくよく言い聞かせたが、おわかりではなかった。二度も言うてやる義理はない。」

「されど、このままに憑坐を続けさせておりますれば、塗師は弱り、いずれ死するでありましょうな。」

「そ、そのような！」

若い医師が悲鳴を上げた。

「別当様！　掃部頭様！　どうか、今一度、中納言様にお願いしてはいただけませぬか！

あれは、家の者たちに取りましてはかけがえのなき者にて、皆光順の帰りを待っております。」

「あの中納言殿相手では、何度言うても同じじゃろう。」

医師は頭をかきむしっている。陰陽博士は腹立たしげに白い眉を寄せ、右衛門督は目を半眼にして口髭を撫でていた。

別当様は何ごとか考えておられる、事態を何とかしてくださることがお出来になるであろうか、と俊清は息を詰めて眺めていた。検非違使別当の権限をもってしても、力づくで内大臣の私邸に踏み込み、中の者を連れ出してくることは出来ない。もし、強権を振るってそのようにすれば、時忠は宮中に数え切れぬほどの政敵を持つことになる。下手に内大臣家とことを構えるより、捨ておくのが得策であるのはわかっているが、この横紙破《よこがみやぶ》りな別当はそうはするまい、と理由もなく部下は思っている。

やがて、別当は俊清に向き直った。

「そなたの話では、塗師の許婚は、半面に痣を持つとか。」

「はい。左の半面のみを見れば、物怪と見まごうばかりでございます。」

「白い水干をすぐに用意することが出来るか？」

「は？　それは、出来るかと存知ますが……」

「では、用意せよ。それを下部に持たせて塗師の家にやり、わしが申す通りにせよと、家人に申し伝えよ。」

「何を始められるおつもりじゃな、右衛門督殿？」

怪訝そうな陰陽博士をなだめるように、別当は笑顔を見せた。

「中御門内大臣のお邸を再訪いたします。掃部頭殿には、申し訳なきことながら、今一度御名をお借りいたします。」


中納言藤原宗家は、つい先刻辞去したばかりの客が再度訪ねて来たと聞いて眉を顰めた。既に戌《いぬ》の刻（午後八時）を過ぎている。いくらなんでも非礼ではないか。やんわりと窘《たしな》めてやろうと客殿へ足を運んだが、客の顔色はそれどころではなかった。宗家を見るや否や、急き込んで尋ねた。

「まだ、お父君はご無事でおいでか？」

「どうなさったのですかな？　右衛門督殿、父は、いまだ祈祷の最中にて……」

「すぐにお止めになるべきですぞ。」

「一体、また、何ゆえに？」

「方違えの後、掃部頭殿のお邸へ参り、本日の一件を申し上げたところ、即刻このお邸へ立ち帰り、中納言殿へご忠告申し上げよと言われる。」

「またですかな。」

老掃部頭の性急さには定評がある。

「それが、今日の朝までは、お邸には真に善き気が立っておったとのこと、されど、夕刻より気が変わり、禍々《まがまが》しい気配が濃い。只今なされておる祈祷に関わるものに違いないと言われます。物怪を祓うために、特別な憑坐をお使いですかな？」

「よくご存知じゃ。父と、干支、生まれ日を同じくする者をやっと見出し、その者を憑坐として祈祷いたしておる。」

この中納言は、拉致して来た者を憑坐にしていることを隠そうとさえ思っていない。

「その者、病を患ってはおりませんかな？」

「如何にも然様じゃが、祈祷をなされておいでの阿闍梨殿は、病があろうと、とりたてて障《さわ》りはなしと申される。いずれ、父の病のもととなる物怪すべてがその者に移り、その上で憑坐がみまかれば、病は霧消《むしょう》いたすとのこと、それまで生きておればよろしいのでありますからな。市井の匠など、何人失せようとさしたる損失ではござらぬゆえ。」

右衛門督の皮肉な瞳には、一瞬激しい侮蔑の色が浮かんだ。しかし、この駆け引きに長けた公卿は、相手にそれを悟られるようなことはなかった。

「遺憾ながら、中納言殿、そうお考えになるは早計でございましょう。物怪が抜けた後の身体は全くの無防備にて、他の物怪がたやすく入り込み易き状態になるものじゃと、掃部頭殿は仰せられる。憑坐としてお連れになった匠とやらはお父君と星を同じくする、しかも病となれば、おそらく同様に物怪に憑かれておるのじゃ。内大臣殿の物怪が憑坐に憑くと同時に、匠に取り付いた物怪も、内大臣殿に憑くのではありますまいか。」

中納言ははっと腰を浮かせた。明らかにそんな可能性を考えてはいなかったのだ。

「そ、そのようなことがあるものだろうか？」

「さて、私には一向にわからぬことにございますが、掃部頭殿に言われて来たことがございます。憑坐がお邸に参る前に住まっておった場所へ、人をやってこっそりと家の中を窺わすべし。遣わすのは、その場所にて傷、あるいは病を得た者がおるはずなので、その者が良い。大人数をやってはならぬ。お邸の者でなければ、護衛を伴うは可。今宵のうちに、匠の家を覗き、中の様子を報告させるがよろしい、とのこと。」

宗家は、慌てて人を呼んだ。一昨夜匠を連れ出した者のうちで、傷か病に苦しむ者がいるか、と尋ね、脚と腕を腫らして臥せっている雑色がいると聞くと、すぐに連れて来いとせっかちに命じた。

赤く腫れ上がった脚に布を巻きつけた雑色が庭先に膝をつき、主人から命を受けて立ち上がると、客人が口を添えた。

「中門に検非違使庁の放免がおるはずじゃ。護衛として伴うがよかろう。この邸から遣わすのは一人だけなのじゃからな。」

軽輩とはいえ検非違使庁の者が同行してくれることに、雑色はほっとしていた。主の言い付けではあったが、一人で夜分に人気のない大路を通行するのは、なんとも気が引ける。放免はがっしりとした鋭い眼の男で、松明と太刀を携え、雑色の左後ろからあたりに目を配りながら付き添って来てくれた。安堵感から口が軽くなった。

「一昨夜、三条堀川の塗師の家から、病の男を一人お邸まで運んだのじゃ。」

「ほう、病の男？　何ゆえじゃ？」

「何ゆえだかは知らぬ。わしらは連れて来いと言われた者をただ連れて行くだけじゃ。」

「今宵も三条堀川へ行くのか？　また別の男を連れに？」

「いや、一昨夜の男の家を覗いて参れと言われた。そっと、気づかれぬように覗いて参れと。」

「奇妙なお言い付けだな。おぬしの御主は変わったお人じゃな。」

雑色は肩を竦めた。

「いつものことじゃ。酔狂なお言い付けの時にはろくなことは起こらぬ。このまえには塗師の家で生漆を浴びてしもうた。おかげで足を引きずらなくてはならぬ。昼間、どこぞの親切な医師が薬を塗ってくれなんだら、きっと立ち上がることも出来なかったであろう。何ゆえにあのろくでもない家にまた行かねばならぬのじゃろう。」

「まあ、あまりぼやいたところで益はないぞ。おぬしも気の毒じゃが、上の方々が酔狂なのは、今に始まったことではない。」

放免は慰めたが、声音《こわね》にはどこかしみじみと同感するような響きがあった。

「早くその家に行き、命ぜられたことをして早々に戻ろうではないか。」

以前に訪れたので、道はわかっていた。三条大路を左に折れて東堀川小路に入ると、細かい家が何戸も立ち並ぶ一角があり、その一戸の前に二人は立った。

「真っ暗じゃな。」

放免が文句を言った。しかし、家の中から小さな光がちらちらと洩れているような気がした。二人は、そっと遣戸《やりど》を引き、中を窺った。仕事場の向こうに、板敷きの場所があり、老人と童が横になっていた。壁際には粗末な木の櫃《ひつ》があって、その上に油を満たした土器《かわらけ》が置かれ、小さな灯火《ともしび》が点《とも》っていた。白い物を纏《まと》った髪の長い女が灯火の前に坐って、しくしくと泣いている。老人が寝苦しそうに咳をし、それを聞いた童が起き上がった。

「水を持って来る。」

「かまわぬから、寝ておれ。」

「兄者が連れて行かれてしまい、親父まで病にかかっては困る。」

「また漆壺を倒すぞ。」

明かりが点っているではないか、と雑色は不思議に思った。童は手探りでそっと棚の椀を取り、また手探りで水壺を探した。

「ほれ、水ぐらい、暗闇でも汲める。」

老人も手探りで椀を受け取り、水を飲んでいる。童は、父が飲み終わった椀を棚へ返そうとして夜具に躓《つまず》き、ひっくり返った。

「やっぱり、灯火を点せば良かった。」

童は痛そうに腰をさすり、また横になった。

突然雑色は悟った。この者たちには、明かりも女も見えていないのだ。

「これ、あの明かりが見えるか?」

震え声で隣りの放免に聞いた。

「どの明かりじゃ？　真っ暗闇ではないか。誰か起きたと見えて、水を飲んでおったな。よくこの暗がりで水が汲めるものじゃ。」

放免はのんびりとささやき返した。背筋が寒くなった。あの明かりが見えるのは自分だけなのか？

その時、女がこちらを見た。

「そなたが光順殿を連れ出したな！」

半面に長い髪がかかり、顔は半分しか見えないが、ちらつく光に照らされたそれを見た雑色は悲鳴を上げて小路を飛び出した。

「塗師の家には、物怪がおりました！」

半死半生の体《てい》で邸に駆け帰って来た雑色が報告すると、宗家は蒼くなった。

「どのような物怪じゃ？」

「女の形をしておりましたが、人ではありませぬ。人の顔をしておりませんでした。私を見て、そなたが連れ出した、と恨めしげに申しました！」

「そちも見たのか？」

客の右衛門督が、放免に向き直って尋ねた。放免はきょとんとして首を横に振った。

「いえ、何も見ませぬ。そもそもあたりは真っ暗で、灯は一つもなく、何かいたとしても見分けることは出来なかったかと。」

「私にしか見えておらなかったのでございます！」

雑色は、恐ろしさに声を詰まらせた。

「入った時、小さな灯と、その前で泣いている女を見ましたが、家の者にはその女が見えていない体にて、家人は全く無視しておりました。灯にも気づかず、手探りで用を足しておりました。そのうちに女は私を見つけ、そなたが連れ出したな、となじったのですが、その顔は、まるで死人《しびと》の如く青く、目は銀色に輝いており、声は地獄から響くがごとき恐ろしさにて、私の方へ手を伸ばし、今にも捕えようといたしたのでございます！」

「しぶとい物怪は、取り付かれた者がどのように逃れようとしても、いずれ探し出してまた憑くということじゃ。おそらく、当の匠ばかりではなくこのお邸の方々にも被害を及ぼすことでしょうな。」

客は難しい顔で邸の主人を見返り、決断を求めた。

「いかがなさるか？　中納言殿。」

「どうしたら、よろしかろうか！　何ということじゃ、そのような者とも知らずに、我が家にとんだ災いを呼び込んでしまった！　右衛門督殿、貴公ならばどうなされる？　早々に匠を殺し、死骸を河原に打ち捨ててしまえば如何であろう？」

「それはもっとも避くべきことでしょうな。」

客人も半信半疑の体であったが、陰陽博士から一応の知識は得てきたものと見え、記憶を探りながら言われたことを繰り返した。

「肝要なのは、内大臣殿と中納言殿に害が及ばぬようにいたすことじゃ。匠が死ねば、物怪は宿主と一番近い星の者を新しい宿主と決め、すぐにも乗り移るのではありますまいか。すなわち、内大臣殿にですな。」

邸の主人は棒を飲んだように硬直して言葉を失っている。

「この際、気難しいお方ではあるが、かの掃部頭殿におすがりなされよ。あのご老人は、一刻も早く、匠をお邸から出してしまえと言われておる。その上で何とか物怪を身体から追い出す算段をいたさねば、いつ何時お父君に移るかわかったものではない。面倒だが自分が気長に祓ってやるゆえ、もとの家に戻されよ、憑いた物怪はその憑いた場所で祓うのが一番良い、とのことでございました。」

「然様にいたそう！　すぐにも匠を運び出し、連れて参った家にまた置いてくるよう、命ずることといたそう。」

「もはやあの塗師の家に近づく者はこの館には一人もおりませぬ！」

震え上がった雑色が言った。

「私が戻ったのを見て、皆あそこには物怪が住むと恐れております！　たってのご命令とあらば、お暇《いとま》を願うと申すことでございましょう。」

「では、私が検非違使庁の者どもに命じて運ばせまするか？」

困り果てた中納言を横目に見て、客が助け舟を出し、それでことは決まった。

「真にありがたいお申し出、感謝に堪えぬ！　右衛門督殿、土御門の博士殿には、どうかよしなにお伝え下され。」

「では後ほど、礼物に、砂金でも三袋ばかりお届けになっておかれては如何か？　なにしろ、この先一年はかけてじっくりと祓わぬと物怪は退散せぬようじゃ。その間に匠がみまからぬよう十分に配慮せねば、お父君の身が危うくなられますからな！」

前内大臣の寝間から運び出されてきた匠の若者は、まだ高熱に唸っていたが、幸い病の悪化は見られなかった。門の外で待ち受けていた丹波祐麿はすぐに用意してきた手輿《たごし》に若者を乗せて家に連れ帰った。守里が手配した検非違使庁の下部が手輿を担ぎ、医師に急きたてられて深夜の大路を走っていった。

「何ゆえに、別当様は人を謀《たばか》る技にかくも長けておいでなのでございましょうか？」

手輿を見送りながら、守里が感に堪えぬ様子で隣りに立つ俊清に洩らした。

「あの胆《きも》の太さ、あの智謀、いかなる盗賊の大頭目にもひけはとりませぬ。」

「別当様と盗賊とを比べたりいたすでない、不敬な！」

俊清は怒ってたしなめたが、確かに別当の謀才は大したものだと思わざるを得なかった。災難に遭った匠を見事に取り戻した上、病の養生に必要な金品までも手に入れてしまった。駆け去った手輿には、病人のほか、砂金の袋も積まれている。一年間、毎日酪を購《あがな》っても足りるほどである。また、内大臣家の者は恐れをなして、この先匠の家には決して近寄らぬであろう。

別当の車を警護しながら東《ひがしの》洞院《とういん》大路を三条まで下った時、松明を灯した数人の男女が道端に待っているのに行き逢った。祐麿が付き添っているのを見れば、匠の家人たちであろう。白い水干の女人が進み出ると牛車の傍に平伏し、半ば泣き声で礼を述べた。

「検非違使別当様、お力を賜りまして、光順殿は無事に戻りましてございます。どのように御礼申し上げれば良いのかわかりませぬ！　生命を奉っても足りぬほどでございます！」

別当は、唇の片端だけを吊り上げる独特の笑みを浮かべて女を見下ろした。鶴女の顔は、松明のちらつく光に照らされて真の物怪のように見えたが、別当にはいささかも動揺の色はなかった。

「そなたらの生命など得ても何の役にも立たぬゆえ、何もいたさずともよい。別にそなたたちを助けてやろうとしたわけではない。中御門の中納言殿は、以後わしの言葉を軽んずることは出来まいし、掃部頭殿も溜飲を下げられたであろう。それに、光順を取り戻したのはそなたの力ではないか。そなたは不幸にも顔面に痣を持って生まれてきたが、それはこの日に夫を救うためだったのじゃ。神仏のお計らいとは、人にはわからぬものらしい。」

鶴女は、青紫の痣に被われた頬に手を当てた。生まれて初めて己の痣を誇らしく思ったのだろう。泣き笑いのような表情が浮かんだ。

一同が頭を下げる中、牛車は動き出して時忠の邸へと向かった。物見の枠に片ひじをついて顎を支えた別当の顔は、どこか無聊《ぶりょう》に耐えているようにも見える。まるで、事件が片づいたのを残念がっているようだ、と俊清は思った。

このお方は、もう頭の中で組み立てるべきことがないのを退屈と思っておいでなのか？早く次の騒動が起これば良いと考えておられるのだろうか？だが、変事を解きほぐすのが別当様の御趣味ならば、自分はできる限りの力を尽くしてお助けするまでのことだ。

前内大臣藤原宗能は、この時の病を辛うじて乗り切り、一時は杖に身を支えて立ち上がることが出来るまでに回復した。しかし、二年後の嘉応《かおう》二年（一一七〇）二月十一日、新たに病を得て薨じた。享年八十六。

五　禍矢《まがや》

都大路《みやこおおじ》に夜盗や兇賊が出没するのは以前からのことであった。それは、おそらく平安京のごとく大きくて華やかな都にはつきものの、繁栄の裏面なのであろう。宋国であろうと、天竺《てんじく》であろうと、一人も盗賊のいない都など存在しないに違いない。それに、武者たちが都の中で戦を繰り広げた保元《ほうげん》や平治《へいじ》の頃と比べると、平氏が兵権《へいけん》を掌握してからの都は格段に治安が安定しており、検非違使庁《けびいしのちょう》の仕事は決して少なくはないものの、手にあまるほどの大事件は数年にわたって起こっていなかった。たとえ、不用意に夜間出歩いて、夜盗に害された者が毎日一人出たとしても、その程度では慌てるほどのことはなかっただろう。

検非違使庁の少尉《しょうじょう》山本俊清《やまもとのとしきよ》が同庁の別当《べっとう》平時忠《たいらのときただ》の私邸を訪れたのは、この十日ほどの間に大路で命を落とした者が四人に及び、その一人が、遠縁とはいえ、非参議《さんぎ》、従三《じゅさん》位《み》藤原家明《いえあきら》の縁に連なる公達《きんだち》であったからである。家明は中納言故藤原家成《いえなり》の次男で、兄に中納言隆季《たかすえ》、弟に権中納《ごんの》言成親《なりちか》がいる。

「みまかられた公達は、今朝早く六角西大宮の角で発見されました。」

階《きざはし》の前に膝をついて検非違使尉は報告した。

「いずこからか矢を射掛けられたものにて、一矢で絶命いたされたようにございます。襲われたのは昨夜でございましょう。」

「その者は夜間右京に参ったのか？」

別当は脇息《きょうそく》に肘をつき、片手に顎を支えながら尋ねた。六角小路《こうじ》と西大宮大路が交わる場所は淳和院《じゅんないん》の北東にあたり、寂《さび》れて人通りもまばらな右京の端である。都人《みやこびと》は昼間でもあまり右京へは行かない。

「どうやら、誰ぞ女人《にょにん》の許へ通われたものと見えます。」

俊清は汗をかきながらもごもごと答えた。亡くなった公達は色好みで有名で、夜中に大路を往来して夜盗と間違われ、検非違使庁に咎《とが》められたことが今まで何回かあったのである。

「車も用いずに深夜右京をうろつくなど、もってのほかな愚か者じゃな。災難に遭うのは当然の報いと申すものだ。」

うんざりした口調で時忠は言った。俊清は目を丸くして口を開きかけ、賢明にもそのまま閉じた。深夜、大路をうろつくのは別当の得意技であったはずだが、自らの行動に対する反省はかけらも見えない。

「物取りか?」

「それが、そのようには見受けられませぬ。公達は雑色《ぞうしき》を二人、供に連れておられましたが、その者たちは夜盗の姿を見ておりません。その上、夜間に路を往来して矢を射掛けられ、みまかった者はこれで四人、いずれも同じ弓から放たれた矢にて絶命しております。」

「同じ弓から放たれたと何ゆえわかるのじゃ。」

「御覧に入れようと、こちらに矢を持参いたしました。」

小脇に抱えた布包みを開き、俊清は四本の矢を別当に捧げた。

「短いな。」

手にとってしげしげと見ながら、別当が言った。黒い矢羽《やばね》を付けた細めの矢は、いずれも中ほどまで血糊が付着して嫌な茶色に染まっている。形状としては無骨な征矢《そや》[*1]だが、ひどく短く、[*2]五束三伏《ごそくみつぶせ》ほどしかない。矢は十二束はあるのが普通で、こんなに短い矢では戦にも、狩にも役に立たないだろう。一般に矢の長さは射手の背の高さに比例し、大男は長い矢を持ち、非力な小男は短い矢を持つ。

「童《わらわ》の持ち物のようじゃ。」

「童が、一矢で大人を射殺せるとは思えませぬ。しかも、深夜灯りもなしにでございます。」

鬼の子であろうか？　小さな童が、闇の中で黒羽《くろは》の矢を番《つが》えた弓を引き絞っている様を思い浮かべ、俊清は背筋が寒くなった。

「射られた四人は皆一矢で仕留められておったのか？」

「四人全部が胸の真ん中を貫かれて即座に死んでおります。一人などは、矢羽が埋まるほどに深々と射たてられておりました。」

「この短い矢でか。」

すさまじい貫通力である。よほど強い弓を引かなくてはそんなことはできないが、この

＊1　戦闘用の矢
＊2　矢の長さ。束は親指を除く四本の指の幅。伏は指一本の幅

矢は短すぎて大弓では十分に引き絞ることができず、射ても飛ばないだろう。

「殺された公達は、家明卿《いえあきらのきょう》のお身内か?」

「御北の方の甥御にあたられる由《よし》。藤原定正と申され、二十一歳になられたとか。」

「今朝早く発見されたと申したな。襲われたのは昨夜と。されど、雑色二人が同道しておったのであろう。その者どもは如何にしておったのじゃ?」

「二人とも、死に物狂いに走って逃げ去った由にございます。恐ろしさのあまり右京の中で迷い、お邸《やしき》にたどり着いたのは朝方でありました。定正殿の御亡骸《なきがら》は、たまたま市で売る菜を運ぼうと通りかかった者が見つけて知らせたため、我等が調べることが出来たのでございます。」

「運が良かったな。」

「然様《さよう》に思われまする。」

もし、雑色が亡骸を家明邸に運び込んでいたとしたら、遺骸は検非違使庁の手には渡らなかったことであろう。貴族の子弟が、女を訪ねたあげく深夜何者かに射殺されたなど、外聞の悪い事件なので、大抵の場合病死とされてそのまま葬られてしまう。

「家明卿は、今病を得ておいでじゃ。確か四月に出家されたが、病は快方にも向かわず、さりとて悪化もせず、ずっと床に就かれておるらしい。またその上に面倒な事件を背負い込みたくはなかろう。」

「先刻、従三位様のお邸より、御亡骸を引き取りたしとお申し出があり、一応別当様のお耳に入れてからお返し申し上げると返答いたしました。」

「それでよろしい。」

別当は立ち上がった。

「亡骸を検分しに参る。」

不運な公達の遺骸は、板に乗せられ、布をかけられて検非違使庁の庁屋《ちょうおく》の中に安置されていた。通常死者は庭先か車宿《くるまやどり》に置かれるのだが、身分の違いからこの死者だけは別格である。

「同じ矢で射殺された他の三人の亡骸は如何した?」

時忠に尋ねられて、若い検非違使尉ははっと息を呑み、困った様子ながらおずおずと答えた。

「ま、まことに申し訳ないことながら、二人は既に身内の者に引き取られ、荼毘《だび》に付されました。はじめはこのように次々と殺害《さつがい》せられる者が出るなどとは思わず、夜盗の警備を厳しくしたので、再度亡骸を調べる必要はなかろうと思われたためにございます。」

「三人目は？」

「いまだ身内から届がなく、車宿の隅に横たえております。」

「そちらの亡骸も見よう。」

「かしこまりました。」

俊清が下部《しもべ》たちに命じてもう一つの遺骸を庭先に運ばせている間に、時忠は藤原定正の亡骸を検《あらた》めた。死者は目を見開いたままであった。全く苦しむことなくみまかったのであろう。いくぶん軽薄そうな、端正な面持ちの若者で、驚いたように口を半分開け、何ごとがあったのかと今にも問い掛けそうに見えた。胸の中央、わずかに左に寄ったところに矢傷があった。着用した狩衣《かりぎぬ》に穴が開き、周囲にどす黒く血が滲《にじ》んでいる。思ったよりも出血が少ないのは、矢を抜き取るまもなく絶命したためであろう。

「若さを誇りながら、一瞬のうちに死するのは、一つの慶事であるかも知れぬな。」

時忠はつぶやいた。

「いまだ苦界《くがい》を知らずして世を去るか。」

しかし、庭へ運ばれて来たもう一つの亡骸は、苦界を知った者のように見えた。こちらも若者で定正とほぼ同年配に見え、胸に矢傷があるのも同じだったが、明らかに匠《たくみ》であった。着古した水干《すいかん》を身に着けて、痩せた顔にはなにやら必死な色が浮かんでいた。

「こちらの男は、大工の弟子であったようにございます。手斧《ちょうな》と鑿《のみ》を持っておりました。」

俊清が言った。

「一昨日の夜、壬生《みぶ》三条の路上で死んでいるのを発見され、すぐにこちらへ運ばれました。身元がわからぬゆえ、二日前から行方の知れぬ者がおらぬかを探索させております。」

「既に亡骸を引き渡した他の二人の身元は？」

「十日前に西市の入口で、いつも魚や菜を商っていた物売りが倒れていると知らせがあり、検非違使庁から放免《ほうめん》が調べに参りまして、喧嘩か夜盗によるものであろうと報告いたしました。物売りは鹿市《かいち》と申し、年は四十ほどであった由。これが最初でございます。物売りの家の者どもがすぐその場で亡骸を引き取りましたので、放免は物売りを殺した矢を抜き取って持ち帰りました。」

「探索はいたさなかったのだな?」

「はい。その際には特別なこととは誰も思わず、そのままに放置いたしました。」

一介の物売りが殺されても、検非違使庁が動くことは滅多にない。

「次はその五日後、六角西堀川で二十五歳の男が殺害せられました。」

「この度の凶行の場と近いな。」

「同じ六角小路の中、二町しか離れておりませぬ。清原義惟《よしただ》と申す官吏で、*図書寮《ずしょ》の権《ごんの》助《すけ》を務めていたそうでございます。図書寮に問い合わせて身元が判明いたしました後、弟と雑色とが遺骸を引き取りに参ったので引き渡しましてございます。物売りを殺した矢と同じ物が残されておりましたため、危険な夜盗が跳梁《ちょうりょう》しているのであろうということになりました。その後三日経ってこの匠が殺害せられ、昨夜にはこちらの公達が殺《しい》されたものにございます。」

「十日のうちに四人が殺害されたか。」

時忠は左手の中指で口髭を撫でながら考え込んだ。

「定正が生命を落とした夜、何処《いずこ》へ参っていたかを探索させておるか？」

「はい。淳和院と朱雀院《すざくいん》のあたり、それに神泉苑《しんせんえん》の近辺を探らせております。」

「では、亡骸を家明卿にお返しせよ。匠の身元がわかったなら、すぐに知らせに参れ。」


時忠が次に向かったのは六波羅であった。平清盛《きよもり》の住居である泉殿《いずみどの》へ車を着けさせ、入道相国《しょうこく》殿に御目にかかりたいが、公用の他出の途中であり、ごく短時間で退出するゆえ二位の尼君に取次ぐには及ばぬ、と念を押す。清盛の北の方である二位の尼時子は時忠の実姉で、この皮肉屋の大貴族がこの世でただ一人苦手とする人物である。


清盛は、気軽に客殿まで出向いて義弟を迎えた。

「いかがいたした？　右衛門督《うえもんのかみ》。そなたが不意に訪ねてくる時には、何かしら難題を持ち込むと決まっておる。」

「よくおわかりにございますな。」

＊　図書の保管、書写などを司る役所

時忠は唇の片側だけを吊り上げる独特の笑みを見せた。

「義兄君にお目にかけたき物がございます。これが何かをご教示いただきたく、持参いたしました。」

「博覧強記のそなたが知らぬものを、わしが知っておるわけがなかろうが。」

「まず御一覧下さい。」

供の者に運ばせた布包みを解くと、四本の矢が現れた。

「矢じゃ。」

清盛はあっけらかんと言った。

「童用じゃな。この長さでは実戦には使えぬ。血を拭《ぬぐ》っておらぬな。兎でも射たか。よく拭って磨いておかぬと錆び付くぞ。」

「これは、従三位家明卿の身内ほか四人を射殺した矢にございます。」

「何じゃと！　よほど近くから射放したのか？」

「少なくとも大路をはさむほどの距離はあったかと思われまする。」

「詳しく申せ。」

説明を聴くと、清盛は難しい顔になった。

「わしは若年より弓を引いて参ったが、この長さの矢を用いたのは十七、八歳の頃であったぞ。獲れたのは兎か鳩がせいぜいであった。大路の向こうから人人を射殺すなど無理なことじゃ。」

「襲われた時、藤原定正には、雑色が二人ついておったそうにございます。雑色どもは矢は突然闇の中から飛来した、松明《たいまつ》の照らす限り、大路には誰の姿もなかったと申し述べておる由。他の者どもについてはわかっておりませぬ。」

「手矢《てや》かの？　しかし周囲には誰もいなかったとな？」

清盛は首を捻《ひね》った。矢を手で握り、それを振るい、あるいは投げつけて戦う術はあるが、さして一般的な技《わざ》ではない。大太刀《おおだち》や腰刀《こしがたな》の方がずっと扱いやすいからである。

「家貞《いえさだ》を呼べ。」

前《さきの》太政大臣は命じ、清盛の忠実な家人《けにん》である平家貞があたふたとやって来た。主《あるじ》とは、戦で共に馬を並べた仲である。

「この矢で大路の向こうにおる者を射殺すことが出来るか？」

「難しゅうございますな。」

家貞は即答した。

「浅手を負わすことならできましょう。当たり所が悪ければ、死ぬこともありましょうが、二十人に一人、いや、五十人に一人も死にはいたしますまい。」

「四人、死んでおるのじゃ。」

時忠の言葉を聞いて、家貞は矢を手に取り、しげしげと見つめた。

「この矢は、長い矢を切り取って改造いたしたものですな。戦の折には、折れた矢を繕《つくろ》って用いるのはよくあることでございますが、今は戦などいたしておりませぬ。」

「傷《いた》んだ矢を童のために作り直したか？」

「弩《ど》かもしれませぬ。」

前太政大臣と検非違使別当は顔を見合わせた。

「あのような大昔の遺物を今時使うものか。」

「されど、弩から発射されればこの矢にても人を殺傷いたせまする。」

弩弓《どきゅう》は、中国大陸では春秋戦国（紀元前七七〇～前二二一）の昔から用いられてきた。

弓形の翼《よく》に二尺ほどの臂《ひ》（柄《え》）を組み合わせたもので、石弓、または十字弓とも言う。臂の中央に取り付けられた機《き》という金具で弦を引き絞り、矢を弾き飛ばすのである。非常に狙いが正確で射程も長いため、奈良に都があった頃には大陸より輸入されてわが国でも使われたことがあった。しかし、その後大弓が戦力の主流となって弩弓は次第に忘れ去られた。弩弓は射程距離が長いが、射程内であれば威力は大弓の方が大きい。おそらく、自らの技量を頼む名人気質の者が多い武者の集団では、修練次第で上達が著しい大弓の方が好まれたものであろう。

「宋国ではいまだに弩が使われておるそうじゃな。すると矢を放ったのは宋国人か。」

「そうとは限りますまい。」

家貞が言った。

「鏃《やじり》*1も矢羽も、矢筈《やはず》*2の形も本朝のものでございます。宋国の矢には見えませぬ。」

「まことに弩か？」

清盛は半信半疑である。実直な武人は困った顔をした。

＊1　矢の先　＊2　矢の上端、弦を受ける部分

「某《それがし》はかもしれぬと申し上げたのみにて、必ず弩であるなどとは……」

「いや、こちらへ参って良かった。」

難問を持ち込んだ右衛門督が微笑して遮った。

「弓箭《きゅうせん》のことについては、実際に武具を熟知する者に尋ねるのが一番じゃ。入道殿にも、そなたにも礼を申す。」


時忠は、泉殿を出てから従三位藤原家明の私邸に向かうつもりであったが、六波羅を出た所で馬を飛ばして来た山本俊清と出会った。検非違使尉は馬から飛び降りて車の脇に膝をつき、急き込んで報告した。

「匠の身元がわかりましてございます。その上、思いがけぬことが判明いたしました。匠の名は康道《こうどう》と申しまして、従三位家明様のお邸に出入りしております匠の長祥道《おさしょうどう》の息子でございました。三日前からみまかられた定正殿と行動を共にいたしておった由。以前から定正殿は康道をよくお召しになられたので、三日戻らなくとも全く心配しなかったと匠の長は申しております。」

「ほう、殺害された者どもは顔見知りであったのか？」

「そのようでございます。また、二番目に殺された清原義惟と定正殿は、同じ*白拍子《しらびょうし》のもとへ通っておりました。」

「では、四人の者のうち、三人までが互いに見知っていたということか。」

「おそらく然様です。」

「その白拍子の名はわかったか？」

「三条西堀川に住まいいたします雁《かり》と申す者にて、この者の邸へ昨年より通う者が三人おり、そのうちの二人がこの度殺された者たちとのこと、義惟は雁の邸へ向かう途中に襲われ、定正殿はこの邸から戻るところであったとか。」

「三人とも雁に執心であったのか。」

「競うように邸を訪ねております。雁は笛と今様《いまよう》の名手で、宴席へも赴けば自邸にて舞も見せるとのことでしたが、気位が高く、遊女とは一線を画して客を自邸に泊めることはいたさぬそうでございます。」

＊歌舞の芸人

時忠は行先を変えることにした。牛飼いに声を掛けて命じる。

「三条西堀川へ参る。」

「殿様！　今から右京へ行かれますと、戻るのは夜になりまする。」

付き従っていた舎人《とねり》が慌てて抗議する。

「物騒でございます。右京へ参られますなら、日のあるうちにご出立なされたほうが……」

「近頃物怪《もののけ》が出たという噂も聞かぬ。」

主は平然として答えた。

「そなたが気が進まぬなら歩いて参ろう。車を邸へ戻しておけ。」

「滅相もないことでございます！」

舎人は仰天して叫んだ。

「かしこまりました！　三条西堀川へ車を廻しますゆえ、徒歩でお出ましになるのだけはお控えくださいませ！」

これが、夜中に右京をうろつく者は愚かだと言った当人なのである。俊清は舎人と目を見交わして溜息をついたが、別当が一度言い出したら従うほかはない。幸い三条大路には裕福な商人《あきんど》の屋形が多く、右京に入っても、他の場所よりは治安が良い。

「守里《もりさと》。」

俊清は、従って来ていた放免を呼んだ。別当の耳に入らぬようにこっそりと、検非違使庁へ戻って衛士《えじ》を十人ばかり連れて来るよう申し付ける。舎人が感謝をこめて目礼した。

「白拍子の許へ通う三人目の男は判明したか？」

車の中から別当が尋ねた。

「はい。播磨より大番《おおばん》にて上京いたした桑田《くわたの》四郎安近《やすちか》と申す武士《もののふ》でございます。」

「白拍子はどの男に最も執心しておったのじゃ？」

「さて……」

若い判官《ほうがん》は首を捻った。

「それは訊き漏らしました。客が二人も殺されたことゆえ、取り乱しておりました。されど、特にいずれかの男に執心しておったとは思えませせぬが。」

別当が嘆かわしげに首を振るのが開いた物見から見えた。

「そのようなことを訊いたとて誰が答えるものか。それとなく別の問いを重ねながら探り出すものであろうが。」

車は朱雀大路を横切り、朱雀院の前を抜けて右京に入った。白拍子の家に着いた時、あたりは暗くなりかけていた。主のおらぬ家の一廓をよく手入れして住みなしている様子で、門なども古びているが寂れた雰囲気はない。門からは幽《かす》かに灯りが洩れ、かなたから女人が今様を謡う声が聞こえて来る。

「武者《むさ》の好むもの、紺よ、紅《くれない》、山吹《やまぶき》、濃き蘇芳《すおう》、茜《あかね》＊1、寄生樹《ほや》の摺《すり》＊2、良き弓、胡簶《やなぐひ》＊3、馬、鞍《くら》、太刀、腰刀、鎧冑《よろひかぶと》に、脇立《わきだて》＊4、籠手《こて》具して。」

舞いつつ謡っているようで、一言づつ区切りながらゆったりと謡い続ける。

「見事な謡いぶりじゃ。」

別当が一瞬耳を傾けたので、俊清は熱心に頷いた。ここには昼間のうちに来ており、白拍子にも話を訊いたのだが、同じ人物がこのように透き通った美しい声で謡うとは思ってもいなかったのである。

「声の美しさは都一であろうな。だが、技はまだかの人には及ぶまい。」

「いかなる人にございますか？」

別当は唇の片側を吊り上げた。

「今様については名手だが、決して毎日顔を合わせたくはないお方じゃ。さて、中へ入ろうか。」

いつのまにか別当は俊清の物とさして変わらぬ狩衣に着替えている。車の中に着替えを備えているのだ。

「別当様、今日も中原定道《なかはらのさだみち》と名乗られますので？」

「そなたもだんだんと探索に慣れてまいったな。」

別に探索に慣れたわけではない。別当の気紛れに慣れて来ただけである。

俊清が門を叩いて案内を請うと、小さな女童《めのわらわ》が門を開けた。

「先ほども参った検非違使庁の者じゃ。今一度、主に話を訊きたいゆえ、取次いでもらいたい。」

女童は頷いて門の中に姿を消し、すぐにまた現れて扉を開いた。門をくぐると、庭をは

＊1　ヤドリギ　＊2　模様染め　＊3　矢を入れ腰に着ける容器　＊4　冑の飾り

さんで西の対《たい》にあたる建物に明かりが灯《とも》っていて、何人かの人影が見えた。

「判官様、この度は何をお尋ねになりたいのでございますか？」

白い水干に朱の袴を纏《まと》った女が、役人たちを丁重に奥へ招き入れながら訊く。

「こちらはわしの上役、検非違使大尉《たいじょう》中原定道殿じゃ。雁殿にじかにお尋ねになりたいと仰せられるのでお連れいたした。」

白拍子の雁は、不思議な雰囲気を持つ女人であった。十七、八歳に見えたが、立居振舞が実に優雅で話し振りも落ち着いているので、もう少し年長に違いない。昼間会った時にはさして美しい女とも思わなかったのだが、こうして白拍子の装束をまとい、立烏帽子《たてえぼし》を着けてほのかな明かりの下で見ると、舞い降りて来た天女と見紛《みまが》うばかりで、俊清は茫然とした。幾人もの男が通い詰めるのも無理からぬと思われた。

「こちらへお通り下さいませ。」

二人を母屋の一画へ導きながら、雁は女童に、お客様にしばし待っていただくよう伝えておくれ、と命じた。昔は豪壮な邸であったこの建物は、今は荒れ果てていて、使われているのは西の対の一部だけらしい。女童が走って行くのは母屋の一方の端で、数人の客を白拍子たちがもてなしているようである。母屋は屏風でいくつにも区切られており、雁が検非違使庁の役人たちを伴ったのはもう一方の端であった。

手にした脂燭《しそく》から高灯台《たかとうだい》に火を移して明るくし、藺草《いぐさ》の円座《わろうだ》*を勧めると、雁は傍に座してもの問いたげに二人を見つめた。

「こちらへ通っておられた方々が二人まで生命を落とされたのは山本の判官より聞いておろうが、その件に就き、今少し詳細を知りたく思い、再度尋ねることにいたした。」

別当は実直な口調で言った。一瞬のうちに、中級の役人になりきっている。

「雁御前《ごぜ》に迷惑をかけるつもりはない。されど、みまかられたうちの一人は従三位様の甥御なのでな。調べに遺漏があってはならぬのだ。すまぬが答えてはくれぬか。」

「申すまでもないことにございます。」

思ったよりも穏やかな物言いに安心したのか、白拍子は真剣に頷いた。

「では、お二人のひととなりを訊きたい。清原義惟殿はいかなるお方だったか？」

「真面目な、良いお方でした。図書寮にお勤めとか、いかにもお役目に合ったお人のよう

＊　丸く編んだ敷物

でございました。お父君と弟様を大事に思っておられました。」

「藤原定正様はいかがじゃ?」

「華やかで、楽しいお方で、歌も、音曲も堪能でいらっしゃいました。」

「何度もここへ足を運ばれたのか?」

「義惟様は十回ほど、定正様は七、八回。」

「こちらで顔を合わされたことがあるか?」

「はい。私は舞を披露いたします時にはどなたでもお入りいただきますゆえ。」

「常々足を運ばれたのはこのお二方のみか?」

白拍子は嫣然《えんぜん》と微笑んだ。

「私の生業《なりわい》はよく舞い、よく謡い、よく奏でることでございます。ただお二人のみに技を披露していては、一家を養うことが出来ませせぬ。」

白拍子の中には遊女と変わらぬ者もいるが、雁はおのれの芸に誇りを持っているようであった。この邸に集まる白拍子たちは、彼女と同門の者たちで、共に暮らしているのであろう。おそらく雁の肩には、仲間の生活がかかっているに違いない。

「その通りじゃ。つまらぬことを訊いた。」

如何にもすまなそうに肩を竦《すく》めた。

「では尋ねる。桑田四郎安近と申す者を存じておるか?」

雁は、歌声が聞こえて来る屏風の彼方を窺うように見やった。

「ただいまおもてなしのお客様にございます。」

「その者を加えて三人、こちらへ頻繁に通っておったと聞いた。その中の二人までが殺《あや》められたについては、何か思うところがあるか?」

相手の顔はふと曇ったように見えた。いくらか蒼ざめたようだが、咼灯台の灯ではしかとはわからない。

「判官様は、後のお一人も狙われるかも知れぬとお思いなのでしょうか?」

「誰も、そのようなことは申しておらぬ。」

「みまかったのは四人と伺いましたが?」

「後の二人も知り人か?」

「お名前を伺えますか?」

「定正様に仕える康道と申す匠と、鹿市と申す、西市の物売りじゃ。」

「康道殿は、定正様とご一緒にこちらへお見えになったことがございます。定正様は、よく抱えておられる家人をお連れになりました。」

「鹿市は？」

「その方は存じません。こちらに参られたことはございませぬ。」

「定正様がお連れになられた家人はどのような者どもであったか？」

「康道殿のほか、雑色、武者、楽人、舞人など、様々でございました。ただ、いずれも邸に上げることはなく、庭先に待機させておいででした。」

「いつもか？」

「ほとんどいつも誰かお供でお連れでした。護衛の雑色や武者は庭に置き、朱雀院のあたりで牛車《ぎっしゃ》が待つのが常であったとか。」

「清原義惟殿はいかがじゃ。やはり家人を連れて参られたか？」

「義惟様は、ただ一度弟様をお連れになったのみにございます。そのほかの時にはいつもお一人でした。」

「今一つだけ訊く。今隣りで接待を受けておる桑田四郎安近は、誰かを伴って来たことがあるか？」

「安近様は常々お一人でいらっしゃいます。馬で参られ、馬で帰られます。」

検非違使大尉中原定道となった男は、首を傾《かし》げて考えをまとめているように見えた。

「雁御前、そなたに頼みがある。音曲を楽しむさなかに無粋な願いとは思うが、桑田四郎をこちらへ伴ってはくれまいか。この邸に出入る者が次々と殺められたとすれば、彼等の知り人すべてに話を訊かぬわけにはゆかぬ。ここに住まう白拍子や下部は、全員山本判官が取り調べたと聞いた。桑田四郎にも訊かねばならぬ。」

「別当様……」

雁はいくらかためらったようであったが、やがて頭を下げて屏風の彼方へ去った。

俊清は声をひそめて呼び掛けたが、厳しい目で見られて慌てて言い直した。

「中原殿、その武者を疑っておられますので？」

「美女に想いを寄せる者が三人おって、二人まで殺されたとすれば、三人目がもっとも疑わしいのは当たり前じゃ。」

「武士なれば、弓の扱いにも長《た》けておりましょう。」

その時、雁に導かれて長身の男が姿を見せた。二十五、六歳で、肩や腕には逞しく筋肉が付き、いかにも武芸に優れた者に見えた。

「検非違使庁のお役人と承《うけたまわ》りました。」

姿に似合わぬおっとりとした声で武者は言った。

「某にお尋ねの儀ありとか。先に申し上げるが、某はかのお二人を害したりいたしてはおりませぬ。この邸の中では、雁殿の意向もあり、身分にかかわりなく言葉を交わしもいたしましたが、一度この場を出れば、お二人とは住む世界が違う身でございます。かかる方々を殺す理由はありませぬ。」

「そなたは、大番で都へ上ったとか。今はどこに住まいしておるのか？」

「六波羅の小松殿《こまつどの》で、権大納言平重盛《しげもり》様のお邸を警護いたしております。」

大番役は本来宮廷の警護のための制であるが、全国各地から上って来る武者がすべて宮廷の警護にも当たれないので、大貴族や高官の邸を警護することも多い。平重盛は清盛の長男で、時忠の義甥に当たる。

「なるほど。」

今聞いたのが知り人の名であることなどおくびにも出さずに頷いて見せる。

「十日前の夜は何をいたしておった？」

物売りの鹿市が殺された日である。

「小松殿に詰めておりました。」

「五日前の夜には？」

清原義惟が射られた日だ。

「やはり小松殿におりました。警護の番は五日ごとに替わりますので、非番になるまではお邸に詰めておりまする。」

「では、二日前はどこにおった。」

匠の康道が殺されたのが二日前だ。安近は下を向いてぼそぼそと答えた。

「こちらに参っておりました。」

「昨夜は？」

「やはり、こちらに……」

時忠は呆れたように首を振った。

「つまり、勤めの間は六波羅に、非番になると毎夜ここへ通っておったのだな。」

「然様で……」

「清原義惟殿はいかなるお人であった？」

「真摯なお人柄とお見受けしました。」

「雁殿に求婚いたされておったか？」

若い武者ははっと目を上げたが、すぐに頷いて肯定した。

「そのように伺いました。」

「如何に思った。」

「某に関わりのあることではございませぬ。」

「みまかられてほっとしたようなことはなかったか？」

安近は不愉快そうに相手を見、多少怒りを含んだ声で答える。

「何ゆえ義惟殿が亡くなられて某がほっといたすのか。そのようなこと、微塵《みじん》も考えはいたしませぬ。」

「では、藤原定正様はどのような方であった？」

若者は答にためらったように見えた。

「あのお方は、御身分が高うございます。いずれは雲上人となられるのでしょうが、そのためか、我等のごとき常の者どもとは異なったお考えをお持ちかと見えました。」

「雁殿に執心なさっておいでであったか？」

「某は存知ませぬ。」

「私が申し上げましょう。」

後ろに座していた雁が言葉をはさんだ。

「定正様は、私にこちらを引き払い、御自分のお邸へ移ってあの方のためにのみ謡うようにと仰せられました。されど、私はお断りいたしました。お答えになっておりますでしょうか？」

「如何にも、十分な答えじゃ。」

時忠は微笑して二人を見やり、立ち上がって辞去する由を告げ、ふと気が付いたように安近に声をかけた。

「そなたは剛の者のようじゃな。権大納言様のお邸ではどのような技をもってお仕えしておるのか。」

「弓でございます。某は弓が得手でございますゆえ。」


翌朝、時忠は俊清を従えて従三位藤原家明の邸を訪ねた。家明はこの年四十一歳。故中納言家成の子息だが、病身のため昇進が遅れ、四月には出家して官職を辞し自邸で療養している。

この日、主は床についてはいなかったが、現れた姿は葦の茎のように痩せ衰えて、身に着けた法衣さえ重そうな風情に見えた。

「御病《いたつき》中にもかかわらず不意に伺ったこと、お詫び申し上げる。」

病人を騒がせた右衛門督は、深く頭を下げて非礼を謝した。

「ご用件はわかっております。定正のことでありましょうな。」

家明は不本意そうに言った。

「あの者は、我が妻の姉の子に当たりましてな。あれが幼い頃亡くなった親は摂関家とつながりがある者ゆえ、妻が我が家に引き取り、大切に育てました。されども、才乏しくいまだ未熟にもかかわらず、望みばかりが高く、官についても熱心に努めることはいたさなんだ。この邸の隣りに自邸を構え、遊興に日を過ごすことが多く、私には扱いかねておりました。妻は悲しんでおりますが、あのような仕儀になったは、いたしかたないことかも知れませぬ。右衛門督殿には、何とかことが穏やかに収まるようお力添えくださるまいか。」

「当然のことにございます。」

時忠は請合ってやった。

「甥御のご逝去、ご心痛のこととお察しする。決して外聞を憚るような収め方はいたしませぬゆえ、ご安心ください。」

「よろしくお頼みする。」

家明はほっとしたようであった。不肖の甥には迷惑をかけられ通しだったのであろう。

「されど、探索を続けぬわけにはゆきませぬ。甥御を殺めた者は、ほかに三人殺めており、これからもさらに多くの人を害さぬとは申せぬのです。甥御のお邸の者どもを尋問することをお許しいただけませぬかな。」

「いくらでもお尋ねくだされ。」

主は疲れたように投げやりな口調で言った。

「それにしても、物騒なこと。何年か前に、通りかかる者を襲っては太刀を奪い取った叡山の悪僧がおりましたな。何でも千本の太刀を集める願をかけたとやら。いつのまにかおらぬようになったらしいが、世の中には酔狂な理由で人を襲う者がおる。右衛門督殿は別当職でおられるゆえ、治安を安定させるのがお役目ですな。下役にお任せなさればよろしいものを、あのような者のために自らお調べとはご苦労なことじゃ。」

「あの御仁は兄君ほど聡明ではないが、弟御ほど馬鹿ではない。」

家明の邸を出て隣接する故定正の館《やかた》へ向かう途中で、別当は俊清に言った。

「御病が長いゆえ、この世のことはどうでもよくなっておられるが、家名に傷が付くのだけはおいやらしい。あれが弟であったなら、検非違使庁の介入などはなから拒否したであろうよ。」

家明の実弟は別当の大嫌いな権中納言成親である。

亡くなった定正の邸からは、様々な身なりの人々が出て行くのが見えた。それぞれに私物らしい荷を抱えている。どうやら定正に仕えていた者たちが、主の死去によって解雇され、邸を去るところらしい。俊清は中門まで入って家司《けいし》を呼んだ。右衛門督が直々に立ち寄ったと知って、家司を務める男は大慌てで別当を邸内に招じ入れた。

「このような騒ぎとなり、取り散らかしておりましてまことに申し訳もございません。」

中年の家司はうろたえながら言った。

「もともと私は従三位家明様の家の者にて、御甥にあたられる定正様が十六の折に家司として就けられ、お仕えいたしておりました。主がみまかりましたので、家人に暇《いとま》を出し、この邸を閉じるところなのでございます。」

「定正殿は何人の家人を抱えておられたのじゃ。」

「下部や牛飼いなどは従三位様の家の者が務めておりましたので、隣りへ戻すだけにございますが、主は興を惹かれた者を召抱える癖がおありで、その数は五十にも及びまする。」

さして高位にも就いていない若者が抱えるには多過ぎる数である。

「どのような者を召抱えたのじゃ？」

相手は渋い顔をした。

「端女《はしため》から武者まで様々でございます。明らかに好ましくない者もおりました。」

「最近定正殿は頻繁に右京へ夜歩きをされたそうだが、付き従った者はおるか？」

家司は今度こそ明らかに腹立たしげであった。

「この半月ほど、いつもお連れになった者が三人おります。一人は主に先立って殺められました匠の康道、次は君江佐良《きみえのすけよし》と申すもので、＊雅楽寮《うたりょう》を追い出された楽人、あと一人は善心《ぜんしん》と申す悪僧でございます。申し上げておきまするが、いずれもろくな者ではございません。思うに、主を遊興に誘ったのはこのような者どもでございましょう。」

時忠は幽かに唇の端を吊り上げた。それは家司の身びいきで、実は逆ではないか。定正自身がろくな者ではなかったので悪友が集まり、結果として悪所を遊び回ることになったのであろう。

「匠は既に死んでおるな。では、あとの二人を連れて参れ。聞き質したいことがある。」

家司は慌てて二人を捜しに走った。気に入らぬ者から先に暇を出したので、もう立ち退いてしまったかも知れないからである。幸い、殺された若者の悪友たちはまだ邸を出ていなかったものと見え、やがて両人は庭先に連れて来られて膝をついた。

「一昨日に生命を落とした藤原定正殿に仕えておった者どもか。」

「然様にございます。」
二十七、八歳に見えるほっそりとした若者が答えた。こちらが楽人の君江佐良であろう。大きな木の箱を大切そうに抱えている。もう一人は筋骨隆々とした僧形の大男で、僧と言うよりは完全に武者のようであった。時忠の問いに、無愛想に頷いたが、返事もしない。悪僧の善心に違いない。庭へ入る時に長刀《なぎなた》を下部に預けていた。
「そなたが善心坊か。何処の寺に所属しておる？」

「興福寺におったが、追放されたので都へ出た。」

「何ゆえ追放されたのじゃ。」

「品行が悪いと言われた。なに、わしが誰よりも強かったからだ。」

「こちらの邸にはどのようにして入った？」

「大路で博打をしておるところを主に呼ばれた。わしの姿を見て、護衛にしたいと思った

＊　雅楽の演奏や楽人の養成などをつかさとる役所

そうな。わしも食うに困っておったからついて来た。」

「では、こちらの公達には恩義があったのじゃな。」

「恩義などあるものか。」

大きな僧は顔をしかめた。

「ここの主は、わしが興福寺から持って来た物をすべて取り上げ、返してくれぬ。返せと言うたところ、宋銭やら、衣の布やらを渡され、これであれは自分の物だと強弁するのじゃ。主がみまかったのならば返して欲しいと言っても、あの男が、もう残っておらぬとぬかす。」

指さされた家司が憤然として答える。

「定正様は代価を払われたのであろう？　ならば文句はあるまい。それに、定正様とそなたが何を約したのかは知らぬが、箱に残っていた物は返してやったではないか。」

「荷の半分にもならぬ。盗人と同じじゃ。」

時忠は面白そうに善心をながめた。

「一体、荷の中には何があったのじゃ？」

「わしもよく知らぬ。」

一同はあっけにとられた。

「知らぬとはどういうことだ。知らぬ物を返せと申しても無理であろうが。」

巨大な僧は、口を尖らせてためらっていた。

「お前等、役人じゃろう。話した後で咎めだてするなら、話さぬ。」

「一切咎めはせぬゆえ、話してみるがいい。」

「寺を追い出した奴等が憎いので、武器庫の中に入っていた古い大箱を持って来たのじゃ。古い腰刀やら、鞍金具やら、籠手や熊手の先も入っていたな。時おり開けては食い物と取り換えていたが、まだいろいろ入っておったから、半年は食えると思うておったのに、箱はほとんど空じゃ。」

「つまり、寺の物を盗んで来たということであろうが。」

家司が真っ赤になって怒《いか》りながら言った。

「盗んで来た物を返さぬと言って、人を盗人呼ばわりするとは何という奴じゃ！　この盗賊め！」

「まあ良い。咎めぬと申したのだ。」

検非違使別当は笑って家司をなだめ、まだ口を尖らせている荒法師に尋ねた。

「そこで、そなたは主を恨んでいたと申すわけか？」

善心は目をしばたたいた。

「それほどひどくは恨まぬが、ほんの少しは恨んでいた。」

「主が殺められた夜は護衛しておったのか？」

「いや、わしはここにおった。」

次に、時忠はおとなしく脇に控えている楽人の若者に目を向けた。

「君江佐良とやら、そなたは雅楽寮におったのか？」

「はい。然様でございます。」

楽人は低く頭を下げて答えた。こちらは善心とは違い、礼儀正しく話す術を心得ているようだった。

「そなたも雅楽寮を放逐されたのか？」

若者は暗い目をした。

「我が笛師《ふえの》が、私の奏する楽に難があると言い掛りを付け、私を寮から追ったのでございます。」

「そなたが奏するのは笛か？」

「楽を奏するものであらば何でも奏でることが出来まする。笛、横笛、篳篥《ひちりき》、笙《しょう》、琵琶、和琴《わごん》、七弦琴《しちげんきん》、鼓、すべてを奏することが出来ます。技は師を越えると自負しておりました。」

「それほどの技があるなら、何ゆえに放逐されたのじゃ。」

「師が私を嫉《そね》んだからでありましょう。」

佐良はきっぱりと答えた。自らの正しさを微塵も疑っていないようだった。

「定正殿に付き従ってしばしば右京へ参ったそうだな。」

「はい。御主は、右京に住まいする雁殿という白拍子を訪ねられる折にはいつでも私をお連れになり、雁殿の歌に合わせて琵琶や笛を奏でるよう命じられたのでございます。」

「一昨日も供をしたか？」

「いいえ。」

ほっそりとした若者は目を伏せた。

「あの日、私は不注意で指を傷つけ、楽器に触れることが出来なくなってしまいました。石で擦りむいたのでございます。そのため主は私を伴わず、私はここでお待ちしておりました。こちらの善心とは違い、私などがお供しても賊と戦うことは出来ますまいが、それでもお傍に居れなかったのは心残りでございます。」

指には黒くかさぶたが出来ている。

「傷は癒えたのか？」

「はい。もう支障はございません。」

「では、何か奏でてみよ。」

脇に控えていた俊清は驚いて目を見張った。この別当は、普段、嗜《たしな》み以上に音曲を好む人ではなかったからである。

佐良は喜々として頭を下げ、持っていた箱を開いた。中には様々な楽器が分解されていっぱいに収まっている。そこから一本の横笛を取り出し、短い調べを吹いた。俊清も音曲に詳しいわけではないが、美しい音にうっとりとし、自在な佐良の指捌《さば》きに感心して聴き入った。この若者がおのれの腕前に過剰な自負を持ったとしても当然であろう。別当も満足した面持ちで聴き納めると、吹き終わって礼をした佐良に訊ねた。

「定正殿は良い主であったのか？」

若者は考え込み、やがて答えたが、今度はあまり確信がありそうではなかった。

「お若いので、物事を為すに性急なところがおありでした。お仕えする者にゆえなく厳しい時もございました。されど、私にとりましては主は勤めと家を与えてくださった恩人でございます。」

「恩義を感じると？」

「はい。」

「お前は偽善者か馬鹿か、それとも両方じゃ。」

善心がぶつぶつ言った。時忠は一瞥して悪僧を黙らせた。

「その前日に殺された匠の康道も、よく定正殿に伴われて右京へ参ったそうだが？」

「御主はたいそう康道を気に入っておられ、右京に限らず何処へでも連れておいでした。」

「何ゆえにさほど康道がお気に入りだったのじゃ？」

「大層腕の良い匠でございました。馬具でも、車でも、何でも壊れれば直してくれました。私も一度琵琶を直してもらったことがございます。一度お出かけの際に車の輻《や》が折れたことがあり、たまたま供をしていた康道が即座に修理したため気に入られたとのことでございます。」

「だが、白拍子の家を訪ねるに匠が必要であったとは思われぬが。」

「あの者も、今様をよく謡いましたので。」

「あいつも雁御前に気があったのじゃ。」

善心が面白そうに口を挟む。

「それゆえ、主はここしばらく右京に康道を伴うのを止めたのじゃ。」

「なるほど。」

別当の視線が、佐良から善心へと移り、そのまま庭の薔薇《しょうび》に向けられた。今を盛りに咲いている薄赤い花を眺めやりながら、口髭を撫でて何か考えている。やがて深く息をついて手を振った。

「もうよい。立ち去れ。」

別当が今度は西市に行くと言い出し、＊鴻臚館《こうろかん》のあたりで車を乗り捨ててしまったので、俊清は憤懣やるかたない顔をした舎人と共に別当に付き従い、徒歩で西市の入口に立った。

「最初に殺められた鹿市の身寄りを訪ねられますので？」

別当が無言で頷いたので、俊清は先に立って西市に入り、簡単な板を巡らし、筵《むしろ》を敷いた粗末な小屋に導いた。そこには三十をいくつか過ぎた女が、十一、三歳の童と一緒に座っていて、筵には干魚が並べられている。都の中心が左京に移ってから、商いで賑わうのは専ら東市である。西市には、貧困層の人々が集まり、売られる品も粗悪であった。

「検非違使庁の者じゃ。先日鹿市のみまかりし際、尋問に参っておる。今一度このお方のお尋ねにお答えせよ。」

女はゆっくりと頭を下げ、童に商いを任せて小屋から出て来た。どんよりとした感情のない目をしていた。夫の死がまだ腑に落ちていないのであろう。

「この前言った以上は何もありませぬよ。」

＊　外国使節の接待や宿泊のための施設

女は言った。

「鹿市は誰にも恨まれてなどおりませんでした。後ろ暗い仲間などいませんでした。盗人の盗って来た物を商ったことはございません。あの日は暗いうちから畑の菜を運び、こちらへ戻るところを射られたのでございます。何回も話を聞いたのなら、殺めた奴を早く捜してくだされ。さもなければ同じことを訊きに来ないでくだされ。そんな暇はございませんよ。」

「何度も煩わせて済まぬことじゃ。」

別当は傷心の女に優しく声を掛けた。いつもながら、俊清はこの人の豹変ぶりに驚かされた。高位の公卿《くぎょう》と話している時の辛辣で皮肉な様子とは似ても似つかない朴訥《ぼくとつ》な口調に、大抵の者は気を許してしまう。

「こちらも全力で賊を捜しておる。そなたが話を聞かせてくれれば、探索の役に立つのじゃ。」

女は頷いたが、半信半疑でいるようだった。今まで検非違使庁など頼りになったことが一度もないのであろう。

「わかりました。何を訊きたいのでございます？」

「鹿市は一人でいたところを射られたのか？」

「然様ですよ。うちの畑はここから三町ばかり西の、人のいなくなったお邸の中を耕して作ったので、いつも主が一人で菜を取りに行くのですよ。」

「周囲は無人の邸が多いか？」

「多いことでしょうよ。人の住み着いた家もありまするが、大概、持主もない荒れた家ばかりで。」

その廃屋のどこかに潜んだ賊が、鹿市を狙って射たのであろう。

「白拍子の雁御前を存じておるか？」

「鹿市が白拍子などにうつつを抜かしたら、ただではおきませぬよ。」

「では、従三位家明様の甥御、藤原定正様を存じ上げておるか？」

「そんな雲の上の方々に知り合いなどおりません。」

「図書寮の役人清原義惟という名を聞いたことはあるか？　または桑田安近という武者、匠の康道、善心という悪僧、君江佐良という名の楽人、いずれかに心当たりは？」

鹿市の妻はいらいらと首を振り続けた。

「誰ですね、その人たちは。一人も知っておりませんよ。」

「このあたりで、変わった形の弓を持った者を見かけなかったか？」

「どんな弓ですね？」

「普通の弓の四分の一ほどしかなく、真ん中に板が取り付けてあるらしい。」

「童が遊ぶようなもんだね。見ませぬよ。」

別当は穏やかな笑顔を女に向け、話してくれて助かった、大いに探索の役に立った、と労《ねぎら》い、宋銭の入った袋を差し出して、積んである干魚を全部舎人に渡すようにと言った。女は目を見張った。驚いたため、どんよりした色が目から消えている。

「銭《ぜに》など、使ったことは一度もないよ！　こんな物を持っていると、悪い病にならないかね？」

「東市の金売りに渡せば米に替えてくれる。病にならぬうちに早く取り換えてしまうことじゃ。」

一同が西市を出ると、舎人が抱えて来た干魚の袋を示し、困り顔で尋ねた。

「こんなにたくさんの魚をどうされますので？　小魚ばかりでございますし、干し方も拙《つたな》いので、お邸では使えますまい。」

「前太政大臣殿へ差し上げれば良い。残れば、検非違使庁で放免どもに配ってしまえ。」

俊清も舎人も、仰天してぽかんと口を開けた。

「このような物を六波羅の入道様に差し上げるのでございますか！」

「知らぬのか？　わしは童の頃にあの方から川で捕えた小魚を開いて干すやり方を教えられたのじゃ。」

帝の外戚にして右衛門督である男は平然として言った。

「火で炙《あぶ》ると香ばしくて美味だと言われてな。」


「四人のうち、いずれが禍矢《まがや》の賊であると思う？」

邸に戻った時忠に質《ただ》されて、俊清は首を傾げた。

「四人と言われますと、まず、雁の屋形で問い質しました桑田四郎安近でございますか？

さらに悪僧善心と君江佐良、されど、四人目は誰でございましょうか？」

「ことの全てを企んだ者がまことの賊であろうな。」

「まさか、かの白拍子を疑っておいでなので？」

別当が俊清を見る目は、いかにも嘆かわしいというものであった。

「何ゆえ、まさかなのじゃ。そなた、麗《うるわ》しい女人は禍事《まがごと》を起こさぬとでも思っておるのか。」

「それでは雁が主謀者なのでございますか！」

「そうは言っておらぬ。」

「では、鹿市の妻でございますか？」

それには答えず、別当は傍らの手箱を開いて字を書きつけた部分が半分巻き取られた巻物を取り出し、数行の文字を加えた。手箱には、ほかにもう書き終わったらしい数巻が納められており、『時省記』と題が付けられているのが見える。

「その御書は別当様の日記《にき》で？」

俊清は尋ねた。多少意外な気分であった。備忘のために日記をつけるのは普通のことだが、別当が書いている目立たぬ簡素な巻物は、日記のようには見えず、さりとて庁屋にあるような日誌でもなさそうだった。

「いずれ役立ちそうなことのみ、記すことにしておる。」

「時省記、と書かれておられますが、時世を省みるの記、でございましょうか？」

別当は唇の片側を吊り上げるいつもの笑みを浮かべた。

「それもあるが、時忠の自省を記す、の意もある。」

一体、この別当でも自省することなどあるのだろうか？

やがて書き物を終えた時忠は巻物を手箱に戻すと、若い検非違使尉に命じた。

「守里を呼び、先ほど藤原定正殿の邸を追われた二人を監視するように伝えよ。今宵は、今一度雁の屋形へ参る。」


日のあるうちに邸を出た時には、時忠は車だった。不意の用事で検非違使庁を訪ねる、と言ってある。家司の基茂《もとしげ》がうるさいからである。確かに別当が着いたのは庁屋であったから、全く嘘を言ったわけではないが、屋内に入りもせずに車をそこに置き、馬を引き出させて右京へ行くというのは、誠実な態度とはとても言えぬであろう。

俊清は、衛士の一隊にいつものように密かに護衛することを命じると、別当と馬を並べて庁を出た。急ぐ必要はないようで、ゆったりと馬を歩ませている。

「あの矢が弩弓から放たれたものとすれば、賊は弩を持っているはずにございます。されど、四人の殺害された付近の者は誰も、変わった弓を持ち歩いている者を見ておりませぬ。大弓よりは小さいと申しても、二尺半はあろうという物を、誰も見咎めぬとは不思議でございます。」

「弩とは如何なるものか、調べて参ったのか？」

「はい。兵庫寮へ参り、弩を保管してあるか否かを尋ねましたところ、庫のすみに古い弩があるのを探し出してくれました。されど、あまりに古く、木部は朽ち、金《かね》の部分には緑《ろく》青《しょう》が浮いており、矢もなく、弦は切れ、とても使用に堪えるとは思えませぬ。」

「機は銅製か？」

機とは、弩弓の弦を引き絞る部分で、狙いをつけて機をはずすと矢が弾かれて飛ぶのである。

「錫《すず》をまじえた銅とのことでございました。既に二百年以上使われたことがないとのことで、あの武器は過去の遺物であると探してくれた大属《だいさかん》が申しておりました。」

「さもあろうな。」

「今一つ、あの矢は、普通の矢を半ばで切り、鴉《からす》の羽根を矧《は》いだ物であるとのことでございました。」

「然様か。」

「別当様。」

俊清は馬腹を接して隣りを行く別当を見やって当惑した声を出した。

「この度の賊の目的は何でございましょうや？　白拍子雁御前を争ってのことに見えまするが、さすれば桑田四郎が最も疑わしいかと存じます。小松殿に詰めておったとしても、夜間、人目を忍んで抜け出すことは出来ようかと思いまする。されど、物売りの鹿市は雁を知りませぬ。また、匠の康道がたとえ雁に想いを懸けておったとしても、定正様や、義惟殿と争う立場の者ではなく、殺さねばならぬほどの相手とは思われませぬ。悪僧の善心や、楽人に至っては、雁を争う理由すらありませぬ。」

「理由があって殺すとは限らぬな。」

別当の声はいつになく真面目だった。

「入道相国殿がかつて話して下されたことがある。そなたは生まれついての公卿ゆえ知るまいが、優れた武具には霊気があるものじゃと仰せられたな。持つ者はその武具にふさわしく高貴に振舞わざるを得なくなる。平家重代の家宝小烏《こがらす》や、源氏の髭切《ひげきり》などは知られておるが、逆に、持っているだけで人を斬り殺したくなる太刀もあると言われた。」

「この、弩弓にも然様な霊力がありますので？」

「あるわけがなかろう。すべては持つ者の心次第じゃ。されど、人の持たぬ強力な武器を持つと使いたくなる。我が身は安全な所に居て使えるとなればなおさらじゃ。」

「魅入られるのでございますか。」

別当は肩を竦めた。

「太刀や弓のせいにするでない。その者の心が反映されるだけのことよ。」

「四人を殺したのは目的あってのことではないと？」

「物売りは、おそらく試しであった。」

嫌な物を見たように不機嫌な声であった。

「新たな武器がどの程度役に立つかを確かめたかったので、相手は誰でも良かったのじゃ。

鹿市がただ一矢に死んだので、真に殺めたい者の殺害にとりかかった」

その時、前方から放免の守里が現れて膝をつき、別当に礼を施した。

「かの者は、朱雀院から三条大路に入りましてございます。」

と、守里は言った。


右京に入る頃にはあたりは闇に沈み、夜目の利く守里がおらねば路に迷ったことであろう。西大宮大路で馬を降り、三条大路を白拍子の邸の方向へ向かった。一町離れた西靫負《ゆげい》小路に廃屋があり、守里が統括する放免の一人が、無言でその中を指し示したので、別当をはじめとする一行はこっそりと築地《ついじ》を回り、中を覗いて見た。ごく小さな灯りがほんのりと点《とも》り、大きな箱を抱えた男の姿が浮かんでいる。男は箱を下ろして懐から土器《かわらけ》を出し、腰の竹筒から油を注いで灯心を入れ、脂燭の火を移した。振り向いた顔は楽人の君江佐良であった。

「あの者が！」

俊清は思わず口走り、別当に睨まれた。

佐良は冷静な、誤りのない手で箱から楽器を取り出し、いくつかの部品を分けた。箱の本体と蓋とを分解して板と板とを嵌め合わせ、笛や笙を構成していた竹や、琵琶の弦などを取り付け、やがて何かを組み上げた。琵琶ほどの大きさの、木の板が十字に組み合わされ、間に強靭な琵琶の弦が張られた不思議な道具であった。分解して一部を道具の部品とした箱の底板をはがすと、それは二枚になっていて、ちょうど薄箱のように中に溝が彫ってあり、数本の短い矢が納められているのが見えた。

佐良は組み立てた弩弓に鴉羽の矢を装着し、築地に上って通りを見ていた。灯りから離れてしまったので、その表情はよくわからなかったが、穏やかな、幸福そうな色が浮かんでいるようで、俊清の背筋を寒くした。通りの向こうから馬の近づいてくる気配がした。

「もはや主はおらぬぞ。これ以上誰を殺そうと思っておるのじゃ。」

別当は立ち上がって声を掛けた。すかさず守里が放免たちに松明を灯させる。築地の上の楽人は凍り付き、ゆっくりと弩弓を構えて向き直った。

「昼間話を訊きに来た役人だな?」

信じられぬ様子で確認する。

「私は、ただ主の言い付けで……」

「それはわかっておる。」

時忠はぴしりと言った。

「だが、そなたはその定正殿をも殺し、おそらく桑田四郎も、雁も殺そうと思っておったのだろう。そなたは武士でもないのに、人を殺めることが楽しいか。」

楽人の顔は、泣き出しそうに歪んだ。

「楽しいと思うようにさせたのは主だ。善心が盗んで来た古い武具の中に弩の破片を見つけ、機が朽ちておらぬのを見て康道にそれを渡し、磨いて残る部分を考案させた。その際に、楽器の部品で組み立てられるようにせよと命じられた。はじめから私に手を下させるおつもりだったのだ。あの方は雁御前に執心しておられたが、御前は桑田四郎に心を傾け、図書寮の清原様を尊敬しておったので、腹を立てた主は二人を殺してしまおうと思われた。ならばご自分でなされればいいものを、私に命じてまず物売りで試させ、それから清原様を射させた。二人ともすぐに死んだ。」

「康道を射たのは何ゆえじゃ。弩を復元した本人であろうが。」

「康道が雁御前に想いを寄せていたのを悟った主が、怒って射るようにと命じたからだ。弩弓が元に復された以上、康道はもはや必要ない、このことを知る者は少ない方が良いと言われた。あの方は人を鹿か猪のようにしか見ておられぬのだ。私は弓など触ったこともない。それなのに、寝ることすら禁じて弩の修練をさせ、おかげで私の手は傷だらけになってしまった。」

「それで主を射たか。」

「主の嫌う人々をすべて殺してしまえば、次に殺されるのは私だ。康道でさえ殺されたのだからな。弩弓のことを知る者は全部殺してしまって、ご自分は口を拭っておられるつもりだったのだ。人非人《にんぴにん》の所行ではないか。」

「確かにその通りじゃな。」

と、別当は認めた。

「その主は死んだ。そなたに命じる者はもうおらぬのに、何ゆえまた人を狙う？」

佐良は黙り込んだ。目を右へ左へと彷徨《さまよ》わせ、悩む様子だったが、手に持った弩はぴたりと別当に狙いを付けていた。

「楽しいからだ。」

思い悩んだ末に答えを見出したのであろう、佐良はぽつりと言った。

「私は昔から非力だった。争うのが嫌いだった。争っても、勝てるはずがなかったからだ。だが、この武器を手にしてからはどのような豪の者にも立ち向かうことが出来るようになった。これは私にしか使えぬ。狙いを定めれば、決してはずれることはない。そして、機をはずせば誰でも一矢で死ぬ。私は誰でも殺すことが出来る。それは楽しい。」

俊清は胸が悪くなってきた。このおとなしい楽人は狂ってしまっている。思わず叫んだ。

「殺してしまった者の妻子はどうなるのだ！　突然に夫や父を失うのだぞ！」

「そのような定めだったのだ。」

狂った楽人は何でもないことのように答える。

「私はずっと非運だった。仕方ないことと耐え忍んで来た。突然夫を失ったとてそれが何だと言うのだ。定めと思って耐え忍ぶほかない。」

「そなたにそれを言う資格はない。」

別当は厳しく築地の上の狂人を見据えた。

「定正がそなたに命じて三人を殺させた。それならば主謀者は定正、そなたは手先に過ぎぬ。定正をそなたが殺したについては、己が身を守るためにはやむを得なかったと弁解することも出来よう。だが、人を害するのが楽しいからとて闇に身を隠し、姿も露さずに見も知らぬ者を殺害するなどは卑劣なやり方じゃ。卑劣が好きならそれもよいが、定めだなどと言い繕わぬことだな。」

佐良は糾弾する役人にひどく虚ろな目を向けた。

「何でも良い！　とにかく、私はこれが楽しくてならないのだ。」

非常に辛い木の葉を噛んだ後では、どのような食物にも味が感じられなくなるように、佐良は人殺し以外の刺激は楽しく感じられないのだろう。

「あなたが物売りであろうと、役人であろうと、あるいは大理卿《たいりきょう》その人であろうと、同じことだ。私が矢を放つと当たった者は倒れて死ぬ。」

俊清は、この方は本当に大理卿なのだなどと叫んで無駄な時を費やしたりはしなかった。とっさに別当に体当たりし、植え込みの陰へ引きずって行った。

佐良は暗闇を透かし見ながら弩弓を構え、築地の上に立って狙いを付け直した。その時、鋭い矢羽の唸りがして狂った若者の胸を長い矢が貫くのが見えた。佐良は築地から落ち、何が己を殺したのかを知らぬままに死んだ。

「別当様、どうかお願いでございまする。もう危険な場所へお出掛けになるのはおやめください！　先ほど矢音がした時には、某は生命が縮みましてございます。」

佐良の亡骸を放免に庁屋まで運ばせ、自分たちは馬で戻りながら、俊清は別当に哀願した。先刻築地の向こうから矢を放って狂った楽人を射落としたのは桑田四郎安近であった。自分が狙われていたとも知らずに馬で雁の邸へとやって来た安近は、築地の向こう側でやり取りを聴いていた。そして、佐良が役人を害そうとしていると知り、持っていた強弓で射落としたのである。

「そなたの物言いはだんだんと基茂に似て参ったな。」

別当は何の反省もなく呑気に馬を進めながら言った。

「心配はいらぬ。守里は放免のほか、衛士も伴って来ておった。よほどの危機の時には衛士も弓を放ったはずじゃ。」

冗談ではない。狂人が別当を狙っていたからこそ、放免も衛士も手出しが出来なかったのだ。桑田安近が築地の上の賊を射落とせたのも、築地が間に挟まってこちらの様子が見えなかったのと、狙いを付けられているのが別当自身だとは知らなかったからであろう。

「万一別当様の御身に何かあれば、我等はいかがすればよろしいのですか。」

「なに、新しい別当が来るだけのことじゃ。」

それでは困るから心配しているのである。

「昼に仰せられた、まことの賊とは、みまかられた定正様のことにございますか？」

別当の眼差しが鋼のようになった。

「あの者が生きておれば、家明卿の家の不名誉は極まったであろうな。気のふれた楽人に救われたようなものじゃ。」

「この件は如何なさいますか？」

「定正も、佐良もみまかっておる。家明卿には穏便な解決を約してしまったことでもある。これ以上害される者も出ぬのは確実ゆえ、何もせぬ。不慮の横死をとげた三人については、家明卿に申し上げ、十分な償いをしていただく。」

「従三位様はまことにご災難でございますな。」

顔に皮肉な笑みが浮かぶのが見えた。

「従三位家ばかりではない。どの家にも、定正なみの考え方をする者はおるぞ。死ねば確実に餓鬼道か畜生道に輪廻《りんね》する者がな。長く権勢の座にあると血が濁るものらしい。さほどでもないのは、入道相国殿と我が一族くらいなものじゃ。今まで権勢とは縁のない家柄であったゆえな。」

別当は、馬を歩ませつつ一人言のように続けた。声は低くなり、傍を歩む俊清にもほとんど聞きとれぬほどであった。

「高位に上ってそれを保つのはむずかしい。大概は自らを忘れるか、横死する。まあ、相国殿はそうはなられまい。もっとも、わし自身はどうなるか、保証の限りではないが。」

そして、別当は後にこの人の言葉としてあまりにも有名になった一言を述べた。

「この一門にあらざらむ人は、みな人非人なるべし。」

わが一門の者でなければ人ではない、と。

著者プロフィール
荒井 通子（あらい みちこ）
1949年生まれ。
東京都出身、在住。
慶應義塾大学卒業。
著書に「携帯」（2007年　武田出版）、「メリ・ジェフティイの死」（2009年　文芸社）がある。

時省記 平時忠卿検非違帖

2011年７月15日　初版第１刷発行

著　者　荒井 通子
発行者　瓜谷 綱延
発行所　株式会社文芸社
〒160-0022 東京都新宿区新宿１－10－１
電話 03-5369-3060（編集）
03-5369-2299（販売）

印刷所　神谷印刷株式会社

ISBN978-4-286-10628-1